アメリカの消失

ハイウェイよ、再び

宮脇俊文

水曜社

目次

プロローグ

一九七一年封切の映画にリチャード・C・サラフィアン監督、ノーマン・スペンサー製作の『バニシング・ポイント』(Vanishing Point) というのがある。これはいわゆる「ロード・ムービー」と呼ばれる種類のものだが、封切以来四〇年近い歳月が流れた今も根強い人気を保っており、一種のカルト・ムービー的な存在となっている。九〇年代にはテレビ版が製作され、最近では二一世紀版がリメークされる予定だと聞いている。それほどまでにアメリカ人の心をとらえている映画だ。

ストーリーはいたって単純だ。ロード・ムービーの常であるが、主人公はひたすら道なき道を車で疾走する。何車線もあるインターステートのフリーウェイではなく、しばしば“two-lane”と呼ばれるごく普通の二車線の道路を走るのだ。一見それだけの映画に見える。しかし、その背景にはいろいろな社会問題が見え隠れしている。

主人公のコワルスキーは卓越した運転技術を持つ車の運び屋であるが、実はベトナム戦争の帰還兵である。この点は重要だ。彼は服役後いくつかの仕事に就くが、すべてうまくいかない。それは決して彼のせいではなく、まわりの社会が彼を受け入れないといった方がいいだろう。彼はごく普通の正義感と優しさを持った人物である。しかしそれが災いして、彼は社会にうまく溶け込めないのだ。そうして最終的に行き着いた仕事が長距離の車の運び人だった。

コワルスキーはただ先を急いでいるだけだが、その行く手には障害が立ちはだかる。それは彼がスピード違反を犯しているからだ。当然警察は彼を追いかける。彼は警察を振り切り、どこまでも走り続ける。時には道をそれて砂漠の中を突っ切ることもある。眠気を覚ますための麻薬を服用してでも、とにかく彼は走る。淡々と目的地に向かって。

しかし最後に大きな障害が立ちはだかる。総力を挙げてコワルスキーを阻止しようとする警察のバリケードだ。それはどう見ても突破できそうにない。映画はフラッシュバック形式になっており、このバリケードの場面から映画は始まり、そして最後にふたたびこのシーンに繋がっていく。いつしか民衆によってヒーロー視されるようになった彼は、バリケードの先にわずかな光を見る。最後に謎めいた笑みを浮かべた彼は全速力で突進する。人々が見守る中、車は爆発炎上する。

8

コワルスキーの最後の笑みは何を意味するのだろうか。彼はバリケードの先に何を見たのだろう。その先に希望を見出していたのか。つまり彼は突破できると信じていたのか、それともはや万事休すといった絶望の結果、死を覚悟した笑みだったのだろうか。

第一章

アメリカの光と影

命の息を呼吸しながら母なる大地が
目を覚まし、立ち上がり、動きはじめる。
命をよみがえらせる夜明けの誕生だ。
命の息を呼吸しながら、ああ、褐色の鷲が
目を覚まし大空へと舞い上がっていく。
命をよみがえらせる夜明けの誕生だ。
命の息を呼吸しながら、空高く舞う鷲が
この一日を天上の精霊へと導く。
命をよみがえらせる夜明けの誕生だ。
太陽と暗闇が織りなす夜明けの誕生劇は
神秘であり、とても聖なるものだが
それは毎日繰り広げられるものなのだ。

アメリカン・インディアンの詩
「夜明けの誕生」

エドワード・ホッパーの影

エドワード・ホッパーの世界には常に影がつきまとっている。一見明るく清潔な世界が見るものの目に飛びこんではくるが、そのすぐ背後には暗い影が存在している。絵の中の人々はもちろん明るい側に位置している。そしてその背後に迫る影には気づいていないかのように、視線は違う方向を向いている。まるで影など存在しないかのようだ。だからわれわれもついうっかりその影の存在を見落としそうになる。しかし、それはそこにある。

ホッパーはこの影に何を象徴させようとしているのだろうか。一度この影の存在に気づくと、われわれはもはやそこから眼をそむけることはできない。

言い換えれば、その暗い部分を隠そうとするかのように、明るさが強調されているかのようだ。それほどホッパーの描く光は強烈だ。強烈というよりはむしろ一生懸命がんばっているといったほうがいいのかもしれない。ホッパーが描いたのは言うまでもなくアメリカだ。アメリカの風景だ。

それにしても、アメリカの光と影はなぜこれほどまでに激しいコントラストを形成しているのだろうか。同じ光でも日本の場合はどうだろう。それはもっとぼんやりとしたもので、のどかな感じがする。見るものの目にも優しい。

『陰翳礼讃』の世界

光と影と言えば、谷崎潤一郎の『陰翳礼讃』が思い出されるが、この二つは限りなく融合している。軒先の庇がまず日差しを和らげ、次に障子がさらに光を和らげ、部屋に到達する光はかなり制御され、柔らかいものになっている。いくつもの段階を経て光は変化していくのである。アメリカの場合はそこが違っている。谷崎が描いたようないくつもの段階が存在しないのだ。光と影、あるいは光か影。二つのうちのどちらかの世界。選択肢はそれしかない。

アメリカ生まれの日本文学者であるドナルド・キーンの『私と20世紀のクロニクル』の中に、「ナチ侵攻のさなか、『源氏』に没頭」という章がある。コロンビア大学の学生であったキーンは、ある日アーサー・ウェイリー訳の『源氏物語』を安く手に入れ、その世界にのめりこんでいった。

私は、『源氏物語』の世界と自分のいる世界とを比べていた。物語の中では対立は暴力に及ぶことがなかったし、そこには戦争がなかった。主人公の光源氏は、ヨーロッパの叙事詩の主人公たちと違って、男が十人かかっても持ち上げられない巨石を持ち上げることが出来る腕力の強い男でもなければ、群がる敵の兵士を一人でなぎ倒したりする戦士でもなかった。また源氏は多くの情事を重ねるが、それはなにも（ドン・ファンのように）自分が征服した女たちのリストに新たに名前を書き加えることに興味があるからではなかった。

ここにも、光と影が対立することなく融合する日本の古典的世界がある。わが国日本はアメリカとは違い、対立を対立として受け入れることができたのだった。対立はあっても、暴力にはつながらず、戦争に発展することのなかった時代があったのだ。

われわれはいったいいつ頃からそういった美しい世界を失い始めたのか。それはおそらくラフカディオ・ハーン（小泉八雲）が好んで使った「衣擦れの音」がいつしかまわりの喧噪にかき消されていった明治時代の日本ではないだろうか。彼は近代化が加速されていく日本を目にしながら、その悔しさを隠しきれなかったようだ。

ピューリタンとニューイングランド

ホッパーの作品にはニューイングランドを舞台にしたものが多く存在する。そしてそれらの絵には光と影のコントラストが顕著に見られるケースが多い。この光と影の二つの世界はアメリカ東部、ニューイングランドを象徴しているのだが、このニューイングランドはアメリカ合衆国のはじまりの地である。

公式のアメリカ史によると、マサチューセッツ州のプリマスという土地にピューリタン（清教徒）が到着した一六二〇年がアメリカ合衆国のはじまりとされている。英国国教会とうまく折り合うことのできなかった清教徒たちは、イギリスを脱出したあと、ヨーロッパ各地を逃げまわり、最終的にオランダのライデンという町から、「メイフラワー号」で新世界アメリカに向けて船出することを決意したのだ。

要するにイギリスにとっては異端児的な存在である彼らであったが、後にはアメリカの主流を成す存在へと変貌していくわけである。いわば影の存在から光のあたる側に移行したのだ。旧教カトリックに対する新教プロテスタントの一派である彼らピューリタンがアメリカ建国の使命を神から与えられたわけである。彼らはそう信じて疑わなかった。いずれにせよ、彼らはこの地を新しき英国、ニューイングランドと呼んだのである。

清教徒たちがメイフラワー号でプリマスに到着したのは一一月のことである。この地域ではすでに寒さが厳しく、到着したばかりの彼らはまずこの寒さと闘わなければならなかった。さらにもう一つの脅威として、先住民の存在があった。アメリカン・インディアン、あるいはネイティブ・アメリカンと呼ばれる人たちである。彼らは少なくとも数千年前からアメリカ大陸に住み、彼らなりの文明を築き上げていた。

それは二つの文明がニューイングランドで出会った歴史的瞬間である。しかしこの出会いが大きな悲劇へとつながっていく。そして、その悲劇は今も続いている。そこには今もなお光と影のコントラストが存在しているのだ。ホッパーの描く影の向こうにはこうしたインディアンの歴史、いや「悲史」が潜んでいる。

ポカホンタス

ポカホンタスをご存知だろうか。この名を聞けば、まずウォルト・ディズニーのアニメ映画『ポカホンタス』（*Pocahontas* 一九九五年）を思い起こす読者も多いことだろう。ヴァネッサ・ウィリアムズの歌う美しい主題歌にのって、褐色の少女ポカホンタスは舞い散る色とりどりの葉っぱたちと戯れる。まだ汚されていない自然の風景の中を鳥のように自由に飛びまわる。そんな先住民の娘はイギリスから大西洋を渡ってやってきた白人のジョン・スミスと出会い、そして恋に落ちる。言葉も通じず、まったく文化の異なる二人ではあるが、美しい自然の中で愛を育んでいく。最後には黒人の血を引くヴァネッサ・ウィリアムズがインディアンの酋長の娘ポカホンタスと重なっていく。これでインディアンも黒人も、白人と犬の仲良しとなっていくのである。そんなイメージを植え付ける映画である。ただそこには重大な歴史の歪曲がある。

このアニメ映画には描かれていないこと。無論それは白人が先住民の多くを虐殺し、土地を略奪していったことだ。もともと土地を所有する観念のなかった先住民をうまく欺き、アメリカ合衆国は形成されていった。土地を追われた先住民たちはフェンスの向こう側に追いやられていった。そして彼らは自由と正義の名の下に歴史から葬り去られていったのだ。彼らはアメリカの完全な影の中に埋没した。誰にも見えない存在と化したのである。

見えない存在

「見えない人間」、それは黒人作家ラルフ・エリスン（Ralph Ellison）の小説のタイトルである。ここでは黒人が見えない存在だが、そんな彼らよりももっと見えない存在にインディアンたちは追いやられてしまっている。

インディアンの居留地《レザベーション》と呼ばれる場所は実際にフェンスで囲われている。もちろん狭い窮屈な場所ではないかもしれないが、明らかにそれは何かを隔てるものだ。どんなに太陽が降り注いでもそこは影(陰)の場所。アメリカの歴史の中の陰がうごめいている場所なのだ。あの映画『ポカホンタス』からこんな歴史が想像できるだろうか。この映画を観た子供たちは何をどう思って大人になっていくのだろうか。

アメリカは「新世界《ニューワールド》」、あるいは「ヴァージン・ランド」などと呼ばれてきた。とんでもない話である。ヨーロッパからやってきた白人側からすれば、確かにそこは新世界だったかもしれない。しかし、そこにはすでに先住民たちの豊かな生活があったのだ。だからその地を「処女地《ヴァージン・ランド》」などと呼ぶことはまちがっている。それはあくまでも白人側の論理にすぎない。このように、ホッパーは二つの世界を常に引きずっていた。だが、それはホッパーだけの問題ではなく、つまりアメリカ自体がそうであったということだ。

オキーフとアメリカ南西部

一方、このホッパーとは対照的な画家がいる。その名はジョージア・オキーフ（Georgia O'Keeffe）。彼女はある意味ではホッパーの描く影の部分に思い切って飛び込んで行った画家といってもよいだろう。そこにはヨーロッパにはない「アメリカ的」風景が果てしなく続いていた。ニューイングランドの森が創り出す暗い影のむこうは、予想に反して明るい場所だったのだ。

オキーフは最初ニューヨークを舞台に活躍していた。しかし、やがて東部を離れ南西部のニューメキシコ州に移り住むこととなる。プエブロ族と呼ばれる先住民が独自の文明を築き上げてきた場所だ。近くにはホピ族、また隣の州アリゾナにはその名を広く知られているナバホ族がいる。彼女はなぜこの地を選んだのだろうか。その土地はこの画家の何を突き動かしたのだろうか。

この地域は、一六世紀にスペインの宣教師たちが布教の目的で入植し、スペインの文化が浸透していったところである。彼らはまず西海岸カリフォルニアに足を踏み入れ、その後、アリゾナ、ニューメキシコへと活動を進めていった。それは、地名を見てもわかることである。サンフランシスコ、ロサンゼルスなど、スペイン語に由来する名前が多く付けられている。ニューメキシコ州のロスアラモス、サンタフェなどもそうである。宣教師たちは先住民たちとの血なまぐさい戦いを経て、この地域に彼らの宗教を定着させていった。サンタフェには、アメリカでもっとも古いとされる教会も存在している。もっとも古いというと、東部を連想する人も多いだろう。

先にも触れたように、公式のアメリカ史ではマサチューセッツ州のプリマスに到着したピューリタンの一行がアメリカのはじまりとされている。彼らの乗ったメイフラワー号がそこに到着したのは一六二〇年である。ということは、アメリカ大陸にもっとも早く上陸していたのは、このピューリタンたちではなく、西海岸に上陸したスペイン人ということになる。これはどういうことなのか。それはこの一言で説明がつくだろう――「歴史は勝者によって書かれる」。

さらに付け加えておくと、同じ東部でもこのピューリタンたちよりもさらに十年前に上陸していた人たちがいたのである。伝説となっているあのポカホンタスの恋の相手であるキャプテン・ジョン・スミスをリーダーとするイギリス人たちである。

彼らは一六一〇年にヴァージニアに上陸している。それでもその十年後にやってきた人々が歴史上アメリカのはじまりを印したとされているのは不思議な事実だが、これにももちろんいくつかの理由がある。まずなんといっても両者の決定的な違いは、ジョン・スミスたちが商業的な理由でアメリカにやって来たのに対し、ピューリタンたちは宗教的な理由からこの地を目指してきたことである。前者は定住するつもりはなかったのに対し、後者は二度とヨーロッパには戻らないという決心で海を渡ってきた。この違いは大きい。

ニューヨークを去ったあとのオキーフの描く世界にヨーロッパ的なものは存在しない。あるのは完璧なまでの土着のアメリカだけだ。アメリカ南西部の強い日差しと東部にはない独特の砂漠的な風景から生まれたものだ。そこには大都市の持つ憂鬱な陰りはない。あるのは力強い自然であり、それが鮮やかな色合いで描かれている。つまり、ホッパーに見られるような影はないのだ。

オキーフは中西部ウィスコンシン州の出身である。その彼女が最終的に南西部を選んだ理由は、そこにこそもっともアメリカ的な風景があったからに違いない。その風景を彼女は愛し、絵に表現しようとした。これこそまさに荒野への夢だ。いかに荒々しい場所であれ、そこには夢があった。果てしない希望を人々に与えてくれた。彼らの目にはその風景がどこまでもまっすぐな一本の線のように続いていると思えたのだ。

荒野のアメリカ

アメリカの最大の特徴は「荒野」（wilderness）と呼ばれる風景に見出すことができる。それはヨーロッパにはないものだ。アメリカにとっての「自然」とはつまりこの「荒野」を意味したのである。東部の風景にはかなりヨーロッパ的なところがあった。特に、川本三郎が『フィールド・オブ・イノセンス』において指摘しているように、そこはイングランドの森にとてもよく似ていた。だからこそニューイングランドと名づけられたのだ。

しかし、ペンシルベニア州ピッツバーグを起点とし、イリノイ州カイロでミシシッピ川に合流するオハイオ川を越えると、広大な草原が広がっていた。つまりそれが荒野のはじまりだったのだ。そこは人間をやさしく包んでくれる自然ではなく、人間が闘わなければならない相手であった。つい気を許すと自然は牙を向けてきた。飼い慣らそうとしてもなかなか手に負えなかった。日本人が古くから自然と仲良くし、親しんできたのとはかなり様子が違っていたのだ。

荒野では自然を謳歌しながら詩を詠むような余裕はなかった。そこでアメリカ人には一つの使命が課せられた。それは荒野を手なずけること。彼らはその神に与えられた使命を果たすべく荒野に立ち向かっていった。それが彼らを西へ西へと向かわせる原動力となったのだった。この移動の最前線がフロンティアだ。

そんなアメリカの風景の中でも、南西部は特に他には見られない野性味を有している。そこはまさに半砂漠的な荒々しい土地なのだ。ニューイングランドのような森もなく、中西部のような大草原もない。太陽が容赦なく照りつけ、空気は乾燥し、岩や土肌が目立つ。しかし、人を寄せ付けないほどの不毛な場所ではない。荒々しさの中にも、いったんそこに身を置けば、人はある種の優しさに包まれる。実に不思議な空間だ。だから人はこの土地に魅了されてきた。なんといっても芸術的だし、どこか幻想的ですらある。五木寛之ふうに言うと、人は「大河の一滴」にすぎないことを実感させられると同時に、広大な宇宙と一体化できそうな、そんな錯覚を起こさせるような場所なのだ。

誰がこの地を開拓し、人間の手中に収めようなどと考えることがあろうか。そこでは、先住民が信じてきたように、すべては「偉大なる精霊」に支配されており、人はたとえ一部でもその土地を所有しようなどと考える余地もない。万物は平等に存在しているのである。そこでは岩や動物の頭蓋骨など、すべてに神が存在している。教会に足を運ぶまでもなく、どこででも神に遭遇できる。人がもっともそういった心境に達することのできる風景がそこにはある。

未知の世界への夢

そんな未知の世界への夢をアメリカ人はみんな抱いていた。立ち止まることなく先に進むことで状況はよりよくなる、最高のものは常にその先に存在すると信じ、真の自由を手にするために人々は走り続けようとした。これこそがアメリカの夢であり、この一本の線は後に荒野をまっすぐに伸びるハイウェイへと具現化されていった。あのコワルスキーがひたすら走るハイウェイだ。

もちろん最初からハイウェイが張り巡らされていたわけではない。人々は車ではなく、徒歩や馬にまたがって旅をした。また幌馬車で移動した。一八四〇年代、五〇年代を中心に西部開拓民はミズーリ州からオレゴン州に通じる「オレゴン街道《トレイル》」を利用した。それは全長約三二〇〇キロにも及ぶ果てしなき難路であった。これが長距離に及ぶ移動のための最初の道であったが、人々はまさに道なき道を進んでいったのだ。

アメリカ人はヨーロッパの人々からすれば、信じられないほどよく移動した。簡単に一つの場所から次の場所へと移動したのだ。サルトルは、ヨーロッパの通りが最終的には囲われた空間に行きつくのに対し、アメリカの都市のまっすぐに伸びた道は永遠に続くかに見えると言った。それは地平線へと広がり、街を隔離させることはない。

道路が今日とは全く違ったひどい状態であったにもかかわらず、アメリカの人々は限りなく遠くへと移動を試みた。歩いてでも道なき道を移動したのだ。彼らにはこうした勇猛果敢な気質が備わっていた。中でも西方を目指す旅はアメリカ人特有のものとなり、やがて彼らの心の中には精神的な意味での西部が宿るようにもなっていった。実際の道路であれ、心の道であれ、それこそがアメリカ人にとってのハイウェイとなっていったのだ。

ラーキンによると、徒歩にせよ、馬車や汽車を使うにせよ、「移動こそは、一九世紀初期のアメリカ人が創造しつつあった生活のスタイルだった。この時代の人々が成し遂げた偉業の一つは、植民地時代の原始的な交通体系を徹底的に改良し拡張して、交通に革命的変化をもたらしたこと」だと言っている。アメリカ人の移動性は国民性へと発展していったのだ。

「オレゴン街道」の後には、今でも人々の移動熱をかき立てる「ルート66」が建設されるが、今日存在しているような全国的な道路網の構想の出現は、車が普及し始める二〇世紀の初頭まで待たなければならなかった。開拓時代のアメリカ人が車で全米を駆け抜ける時代の到来を予知したかどうかは別として、心はそんな光景を夢見ていたに違いない。彼らにはすでにアメリカ中に心のハイウェイが張り巡らされていたのだ。その意味では、オレゴン街道はアメリカ人にとってのハイウェイの原点的存在である。この街道を実際に旅した歴史家のフランシス・パークマンは、その旅行記を『オレゴン街道』（一八四九）として発表した。そこには窮屈な東部ニューイングランドにはない「自由」があり、汚れなき西部の自然が美しく描かれている。

みんなが旅を始めた。このハイウェイを通って、その先にある理想の場所を目指した。こうしてアメリカにはハイウェイを中心に文化が育まれていった。たとえば、映画『バグダッド・カフェ』（Out of Rosenheim 一九八七）に登場するロードサイド・カフェ、モーテルなどはその一例である。そこは旅する人々のコミュニケーションの場であり、そこを舞台にまた別の文化が生まれていく。移動する国民であるがゆえに、その文化には多かれ少なかれ常にハイウェイが関わっているのだ。それは昔も今も人々の想像力をかき立てて止まないのである。

カントリー・ミュージックの大御所、ウィリー・ネルソンの歌に「オン・ザ・ロード・アゲン」というのがある。それは軽快なツービートのリズムに乗ってアメリカのハイウェイをひたすら夢に向かって疾走するかのような歌だ。「さあ、また旅に出ようよ。もう待ちきれないんだ」と始まり、「行ったことのないところ」、「二度と見ることができないかもしれないところ」を目指す。はやる気持ちは抑えきれず、「もうぐずぐずしてはいられない」、「早く行こうよ、もう待てない」と締めくくられる。

また、ボブ・ディランの歌にも同名のものがある。中川五郎訳の『ボブ・ディラン全詩集』では、「またあてどない旅に」と訳されている。「なぜあなたはここに住まないの？」と君は聞くけど、僕の答えはこうさ、「君こそなぜここから動こうとしないんだい？」といった内容の歌だ。とにかくじっとしてはいられない。平凡な日常に身を任せることが何か罪なことでもあるかのように、何かが人々を呼んでいるのだ。さあ、旅に出よう、もっともっといろんな出会いがあるよ、もっとたくさんの発見があるはずさ、と。そんなふうに解釈できる歌である。

『オン・ザ・ロード』

さて、「オン・ザ・ロード」と言えば、もちろんジャック・ケルアックの小説『オン・ザ・ロード』（一九五七）が思い出される。というよりもむしろこれが先にあって、ネルソンやディランに続いていったと言うべきだろう。

ケルアックは、詩人のアレン・ギンズバーグと並んで「ビート・ジェネレーション」を代表する作家である。戦後、アメリカ中を車やバスで、時には徒歩で放浪した時の体験をもとに書かれた半自伝的小説が『オン・ザ・ロード』だ。社会の中に埋没することを余儀なくされた状況の中で、人間としての自由を求めて旅をする若者の物語である。そこに描かれているのは、ドラッグ、セックス、スピードといった退廃的なイメージが強いものの、決して人間の堕落を描いたものではない。これこそがハイウェイの向こうに潜んでいるはずのアメリカの夢を求めて走り続ける物語であり、そのためには制度にとらわれることのない生き方を模索すべきだと説いている。それは社会からの逃避ではなく、人とのつながりを求める良質の放浪だ。彼らの行く先々には常にハイウェイが存在し、若者たちはそこをひたすら疾走する。一見あてもなく走っているだけのように見えるが、実はそうではない。ただ具体的に目指すものが見えないだけだ。だから彼らは走り続ける。

今日では、インターネットに代表される遠距離通信による情報収集の方法を「情報ハイウェイ」と呼んでいるが、かつては道路そのものがコミュニケーションの手段であった。その意味でも、この小説の主人公たちは自分の足でその情報ハイウェイを駆け巡っていたと言えるだろう。このようにアメリカ人は「ハイウェイ」という言葉が好きである。つまり、出会いとコミュニケーションがもっとも大切だと考える国民なのだろう。

この作品はかなりの物議をかもしたものの、若者たちの間でバイブル的な存在となり、それは今日も続いている。この小説を読めば誰もがハイウェイを走り、旅に出たくなるに違いない。

「イージー・ライダー」たちのロード

これと同じ流れの中にある映画の一つに『イージー・ライダー』(*Easy Rider* 一九六九)がある。これも腐敗したアメリカの社会状況の中、若者たちがバイクにまたがり、自由を求めて走りまわる話である。このロード・ムービーにもやはりドラッグやセックスや暴力があふれているが、それらが本来の目的ではない。彼らには何か純粋に求めているものがある。それが観ていて痛いほど伝わってくる。この映画が四〇万人もの聴衆が押し寄せた伝説のロック・コンサート、「ウッドストック・フェスティバル」の年に封切られていることは見逃せない。またさらに「私には夢がある」(“I have a dream.”)のスピーチで知られる黒人開放指導者のマーティン・ルサー・キング牧師が暗殺されて間もないころでもある。六〇年代のアメリカには語りきれないほどの多くの出来事があった。これはその六〇年代も終わりを迎えようとする頃の映画である。

このように、アメリカ人の心には一本のハイウェイがあって、自由や夢を追いかけてそこをどこまでも旅したいという欲求があった。だが現実はそう簡単ではなかった。行く先々には常に障害物が立ちはだかるのである。それはコワルスキーの行く手を阻むバリケードに象徴されるが、この夢を何度も途切れさせるものの正体とは一体どのようなものなのだろうか。

第二章

スモールタウンのアメリカ

少しまえまで、いまわたしたちがいるこのあたりと同じように落ち葉の散り敷くさびしい荒野であったあの町だけが、わたしたちの宇宙なのでしょうか?　あの森の小道はどこへ通じているのでしょうか?　町へもどる道だと、あなたはおっしゃるでしょう!　ええ、そうです、けれども、もっと先へも通じているのです!

ナサニエル・ホーソーン

『緋文字』より

ピューリタンと『緋文字』

ピューリタンたちにとって、アメリカの大地は無限に広がる空間ではなかった。つまり、神の存在する場所が限定されていたのだ。そんなテーマの小説を書いた作家の一人がナサニエル・ホーソーンだ。マサチューセッツ州セイレムの出身、つまり生粋のニューイングランド人である。彼の代表的な作品に『緋文字』(一八五〇)がある。時代は一七世紀初頭、ピューリタンたちがアメリカにやってきて間もない頃のボストンが舞台である。ここには教会を中心とした町とそのまわりを取り囲む森との二つの世界がある。今日でもそうだが、特にこの時代は、教会はすべての意味で町の中心であった。教会の牧師は言うまでもなく人々に尊敬され、信頼される存在であった。その要職にある若きディムズデイルは、人妻であるヘスターと恋に落ちる。そしてパールという女児が誕生する。

物語は生まれたばかりのパールを抱いたヘスターが牢獄から外に連れ出され、町の中心にある広場のさらし台に立たされるところから始まる。これだけですでに当時の戒律の厳しさが窺い知れる。つまり彼女は姦通女として乳飲み子を抱いたまま、町の人々の前に晒されるのである。そして、なんと恋の相手であり、その子の父親であるディムズデイルが、町の牧師として彼女を咎める役割を果たさなければならないのだ。あなたは大きな罪を犯した。相手の名前を告白しなさい。彼は牧師としてこう彼女に語りかける。だがもちろん彼女は一切真相を明かさない。その結果、ヘスターは姦通（Adultery）を意味するAの文字を胸につけて生涯を送ることを強いられる。その文字の色は緋色、「スカーレット・レター」である。

この後ヘスターは町のはずれの一軒家でパールとともにひっそりと暮らすことになる。牧師と彼女は町で堂々と会えるはずもなく、二人は森の中で密会を繰り返す。なぜ森の中なのか。そこはキリスト教の教義が行き届かないところ、つまり異教徒の世界、さらには悪魔が黒ミサを執り行う場所として、人々が近寄らないからである。ここなら人目にはつかない。ここでヘスターは牧師に三人で町を出ようと提案する。森の向こうには新しい、自由な世界が広がっているからと説得する。しかし牧師はそれに反対し、町に留まることで一生かけて罪を悔い改めなければならないと説く。結局罪を隠し通そうとした牧師はその重圧に耐えかねて最後は死に至る。反対に罪が最初から公になっていたヘスターは少しずつ立ち直り、人々から咎められることも少なくなっていく。二人は結果として正反対の道を行くのである。

町と森の二つの世界

ここで町と森は明らかにコントラストをなしている。教会があり町が形成されている場所、つまりキリスト教の力が及ぶ範囲には光が当てられているが、一歩森に足を踏み入れるとそこは暗い影（陰）の世界。このようにアメリカは入植当初から二つの世界をくっきりと形成してきているのだ。牧師はこの影の世界に入り込むことを恐れた一方で、ヘスターは恐れるどころかその先にある未知の世界に夢を託そうとした。彼女はオキーフの描いた世界が森の向こうに存在することを察知していたのだろうか。

『緋文字』は一九九五年にローランド・ジョフィ監督の手によって映画化された。ヘスターを演じたのはデミ・ムーアだ。ただしこれは原作とは大きく違った内容のものだった。特に結末の部分では、なんとこの三人は手に手をとって、新天地に向けて旅立っていくのである。さらにヘスターはあの緋色のAの文字を胸からはずし、地面に投げ捨てていってしまう。原作を読んでいるものにとっては、一瞬唖然とさせられる結末だ。では、監督の意図は何だったのか。

原作の場合、その戒律はあまりにも厳しいものであり、息が詰まりそうだ。そこまで神に対する罪の意識を持ち続けなくてもいいではないか、もう十分に罪は償ったじゃないか。だから彼らは新たな出発をする機会を与えられてもいいのだ。この映画の結末にはそのような意図が感じとれる。ホッパーに見られる寂寥感についてもそうだ。一見清潔感にあふれ、なんの汚れもないように見える光景の背景には、どうしようもない孤独感、無力感、絶望感が漂っている。これはホーソーン的な神の重圧から来ているものに違いない。ピューリタン的キリスト教の排他性のようなものがアメリカを深い孤独に追いやっているのであろう。まさに光と影のコントラストだ。そんな影をローランド・ジョフィ監督は一掃したかったのではないだろうか。

アメリカはあまりにも神を中心に考えすぎてきたのかもしれない。貨幣にさえ"In God We Trust"という言葉が、それこそ硬貨から紙幣まですべてに刻まれているのだ。また大統領の就任式、裁判所での宣誓等、すべて神に誓うことが前提となっていることからも窺い知れる。神への絶対的な信頼がそこにはある。あるいは畏敬の念というべきかもしれない。しかし、これは無意識のうちに人々の大きな精神的負担となっているようだ。

アメリカの小さな町で

　ここで僕のミネソタ州での体験を少し紹介したい。八〇年代の初頭、この州の小さな町にあるルーテル派のカレッジで教えていた時のことだ。スウェーデン系を中心に北欧系の学生が大半を占めるこのカレッジでは、朝はキャンパスの中心に位置する教会での礼拝で始まる。「チャプラン」(chaplain)と呼ばれる牧師が毎朝説教を行う。全員というわけではなかったが、ほとんどの学生、それに教職員も参加していた。

　ここは全寮制で、全米から集まってくる学生たちの質はかなり高かった。とにかくよく勉強していた。図書館は深夜まで賑わっていた。もっともほかに行くところもなかったと思うが、いずれにせよ、その反動からか、週末になると寮内では大騒ぎをしていたようだ。それでも彼らは常に善良なキリスト教徒であった。僕にはそう見えた。いつも礼儀正しく、決して必要以上に羽目をはずしたりはしない。

　そんな彼らも僕の住む家にやって来ると様子がまったく違っていた。週末になるとよくパーティーを開いた。日本料理を作ったりしてみんなで楽しく夜更けまで楽しんだ。酒、タバコ、音楽……よくあるパーティーの光景だ。しかし何かが違っていた。みんなどこかたがが外れたかのように、まったく無防備になって酒を飲み、タバコを吸うのであった。

女子学生も含め、普段は飲まない、そして吸わないはずの学生たちも僕の家では何の抵抗もなく、酒、タバコを楽しむのである。日本ではごくありふれた光景かもしれないが、ここミネソタの小さな町では一種独特の場面が展開されていたようだった。みんなが楽しんでくれていることだけで満足し、最初は何も考えなかった。だが、彼らとこの小さな大学町で生活をするようになって、少しずつその落差の激しさはどこからくるのだろうと思うようになった。

その答えはこうだった。僕の借りていた一軒家は、キャンパス内にあったとはいえ、そこは彼らにとっては「異教徒」の世界だったのだ。そこには常に人々の行動を監視し続ける神は存在していなかった。『緋文字』のヘスターと牧師にとっての森の中のような場所だったのかもしれない。だからわが家にやってきた彼らはどこかほっとしているようだった。いやそれ以上の開放感の中、ここぞとばかりに自由を謳歌しようとしていたようだ。何かとても大げさな言い方に聞こえるかもしれないが、日常の彼らは、われわれには想像もつかない、目には見えない何かにがんじがらめになっているとしか思えなかった。

酒の話になると、どうしても忘れられない思い出がある。当時僕は結婚してまもなくこの小さな町の大学に赴いた。東洋からきた若いカップルという珍しさも手伝って、大学の教職員の家にかなり頻繁に食事に招待された。しかしそれははっきり言って苦痛以外のなにものでもなかった。

たいていわれわれ以外にもう一組呼ばれていて、合計三組のカップルでディナーを囲むのだが、まず話がおもしろくない。彼らの内輪の話ばかりして、ゲストであるわれわれからいろいろと話を聞こうとはしないのだ。こっちはただ彼らの話を聞かされるだけだ。これだけならまだいい。当時の僕はスモーカーだった。が、一部の例外を除いて、すべて禁煙というのが普通だったので、これはなんとも辛かった。おまけに料理も質素で、決しておいしいとはいえないものが出される。でもみんな一様に料理を褒め、作った側もそれに満足している。まあ、それはそれで平和な光景だった。ここまでなら何とか我慢もしよう。しかしさらに苦行は続いた。そう、アルコールが一切出ないのである。ビール一杯飲めない。ワインもない。スコッチもない。ソフトドリンクかコーヒーだけで、数時間耐えなければならない。いいことは何一つないのだ。まあ強いて言えば、英語の勉強にはなった。この町の文化も知ることができた。それだけだ。

『本町通り』とスモールタウン

ミネソタ州の北部にあるソーク・センターという小さな町を舞台に書かれた小説がある。それは、この町の出身で、アメリカ最初のノーベル文学賞受賞者となったシンクレア・ルイスの『本町通り』(一九二〇)である。都会育ちの主人公キャロルは中西部の田舎町の医者と結婚するが、その町の因習的な人々と文化に唖然としながらも、何とか自分の力で改革を進めようと試みる。しかし、結局は彼女もいつしかこの町の習慣に染まっていくしかないというストーリーである。著者はこの作品の序文で、この物語のメイン・ストリートは全米いたるところのメイン・ストリートに通じていると言っている。つまり、アメリカはその大半がスモールタウンで形成されており、どこに行っても多かれ少なかれ、この作品の舞台と同じような光景が展開されているというわけだ。

僕がいたその町も、大学町とはいえ、『本町通り』の世界となんら変わりないところであった。作品が書かれてから半世紀以上が経過していたにもかかわらず、表面的な部分を除けば、あとはほんとうに何も変わっていないというのが正直な印象だった。馬車が自動車に変わっただけで、人々の内面は昔のままなのだ。世の中がめまぐるしく変化する今日の状況からすれば、それはある意味とてもいいことのように思えるが、残念ながらこの町の人々の視野の狭さには耐え難いものがあった。常に自分たちが中心なのである。宗教から言語から食文化にいたるまで、何もかも自分たちに合わせる人たちはいい人として受け入れてくれるが、そうでなければ彼らの側には所属させてもらえない。

彼らはとても親切である。しかしそれは最初のうちだけだ。しばらく滞在して帰っていくものには彼らは脅威を感じない。ゲストとして歓迎してくれる。しかし、いったん長く滞在するとわかると、あるいは同じ共同体の一員になるかもしれないとわかると、いろいろと条件を出してくるのだ。つまり、その共同体の一員としてふさわしいかどうかの吟味を始めるわけだ。

まず宗教。一度教員の一人にこう聞かれたことがある、「君はルーテル派か」と。「いや違います」と答えると、即座にこう言われた、「いずれにしてもキリスト教徒だよね」。「僕は仏教徒です」、そう答えると彼はそれ以上何も言わなかった。もう君に用はないといった感じだった。こいつは異教徒の世界からやってきたやつとして、その交友リストから外されたのだろう。その他、宗教に関してはいろいろと思い出したくないような経験がある。

静かな町の大事件

われわれは合計二年にわたりこの大学町に住んだが、その間、二回引っ越しをさせられた。というのはわれわれが住まいを選んだのではなくて、大学が用意してくれたのだ。しかしそれは、研究休暇で留守にしている教授の家の留守を預かるということだった。それはよくあることで別に問題はないのだが、その教授が出かけるまでの間はキャンパス内の宿舎に住み、その後その家に引っ越しをし、また一年近くたって家主が戻ってくると、ふたたびもとの宿舎に移動させられたというわけだ。

この家主はカトリックのシスター（修道女）で、英文学の教授だった。ルーテル派の大学とはいえ、宗派の違う人間を雇う寛大さはあるのだと最初は感心していた。教育機関なら当然のことではあるが、あまりにも他を寄せ付けない雰囲気がみなぎっていたから、そう思ったのも無理はない。

しかし、青天の霹靂とはまさにこういうことを指すのだとあとになって思うような出来事が起こった。彼女が帰国し、われわれが懐かしい宿舎にふたたび落ち着いたころだった。シスターの友人の教授が突然やってきて、玄関先でこう言ったのだ、「家の中がタバコ臭くて息苦しいと嘆いている。おまけに台所がひどく汚れている」と。一瞬何のことかわからなかったが、やがて彼はシスターのメッセンジャーとして、われわれに苦情を言いにやってきたことが判明した。

こちらが反論する間もなく彼は立ち去っていった。われわれは途方にくれ、そして深く傷ついた。ここからがこの小さな町に起こったちょっとした事件の始まりだった。この出来事はあっという間に町中のゴシップとなって広まっていった。それは一部の学生の間でも話題の中心となっていたようだ。多くの人々がわれわれを慰めてくれた。彼女はどうかしていると。

確かに当時僕は一日一箱程度吸っていたから、敏感な人にはわずかに匂いが感じ取れたのか。それにしても、なんと大げさな言い方だろうか。契約書を取り交わすこともなく、言われるままにその家に住んだことを後悔もした。それならなぜスモーカーかどうかを確かめてくれなかったのかと憤りもした。あるいは、自分からそうすべきだったのか。

さらに台所に関しては、絶対に濡れ衣としか言いようがなかった。われわれは細心の注意を払って使用したし、家を出る直前には古くなった（もともと古かった）台所用品を一部新品に取り換えもした。それにもかかわらずである。いったいどう使えばよかったのか。一切料理をせずに、ただ毎日掃除だけをしていればよかったのか。そんなふうにわれわれは思い悩み、眠れない日々を過ごした。

親しい仲間は一様にわれわれを弁護してくれたし、町の世論もわれわれの側についていたことは明らかだった。そして、何よりもうれしかったのは、この話題がピークに達し始めた頃のことだ。それまで話をしたこともない大学のジャニターと呼ばれる清掃を担当する女性たちが僕の研究室にやってきて、こう言ったのだ――「あの家は私たちが清掃を担当したのだけれど、たばこの臭いは一切感じなかったし、台所だってすべてきれいに使われていましたよ。それは私たちが保証します」と。あの時の安堵と喜びは今も忘れない。

こうして事件は決着するかに思えたが、どうしても納得がいかなかったのは、シスターの話だけを聞いて、われわれのところに苦情を言いにやってきた教授である。彼はカナダ出身のカトリック信者だった。その後われわれがその町を離れるまで、一度も口を利いたことはなかった。キャンパスで遭遇しても、彼は目をそらすだけだった。ただ、帰国直前、シスターが日本へのお土産だといって、ちょっとしたものを持ってやってきた。彼女の顔に笑みはなく、緊張がみなぎっていた。われわれもただお礼を言っただけだった。こうしてこの事件は終わった。

二〇〇八年秋、オバマが新大統領に選ばれ、アメリカは変革路線を選んだ。しかし、こうした小さな町にまでその変革は及ぶのだろうか。おそらく何も変わらない風景が今後も続いていくのだろう。

教会に行く人々

われわれは当時まだほんとうに若かったし、日曜日ともなれば朝はゆっくり寝ていることが多かった。しかしその時間帯、町の人たちはみな教会に出かけているわけだ。決して大げさではなく、日曜日の朝は町中の人たちが教会に集まっていた。家には誰もいないのだ。この時間帯だとどの家に泥棒に入っても見つかることはない。それくらいみんなが家を留守にして教会で祈りを捧げていた。あの日本人カップルは教会にも行っていないらしい。そんなふうに噂をする人たちもいたようだ。

自分はこのミネソタを愛している。だからほかの場所に行こうとは思わない。町の大半の人々はそう考えていたが、われわれの家（キャンパス内の宿舎の方）に来る学生たちは少なくとも異教徒の文化を知ろうとする好奇心旺盛な若者たちだった。そのうちの何人かは後に日本にやってきた。そして異教徒の国の文化を満喫して帰っていった。

キリスト教徒の義務

このエピソードとの関連で、一つの短編小説を紹介したい。それはハーレム・ルネサンス期を代表する黒人作家であるラングストン・ヒューズの「哀れな黒人の男の子」(*"Poor Little Black Fellow"*)という作品で、『白人たちの流儀』(*The Ways of White Folks* 一九三四)に収められている。ある白人の夫婦のもとで召使として働いていた黒人の夫婦の息子アーニーの物語だ。

アーニーの父親はアメリカ人として戦地で命を落とし、母親はその後まもなく病気で死んでしまう。そこで孤児となった少年を白人夫婦が引き取って育てるという話だ。舞台はニューイングランドの小さな町で、そこでは黒人の子供は皆無だった。それにもかかわらずこの夫婦はこの少年を育てる決意をする。周囲の目を気にせず、人間愛に満ちた夫婦の話かと一瞬思ってしまいそうだが、実は読み進めるうちにそうではないことがわかる。もちろん善良な人たちには違いないのだが、彼らがこの子の面倒を見る理由として、「キリスト教徒としての義務」というせりふが頻繁に出てくる。残念ながら、彼らの中にはやはり黒人に対する偏見は根強く残っているのだ。彼らにとって、その子を育てることは一種の「慈善」的行為なのだ。

アーニーが子供のうちは問題なかった。しかし、成長するにつれていろいろと意見の食い違いが出てくる。彼は、町の人たちに親切にされながらも、それが偽善的なものであることに気づいている。心からその優しさを受け入れられないのだ。そんな彼が育ての親とともにパリを訪れる機会を得る。大学に入る直前の旅行だ。そこで転機が訪れる。

アーニーはパリの街で活躍している黒人女性ダンサーと知り合いになる。どことなくジョセフィン・ベーカーを思わせる人物として描かれている。ベーカーはアメリカ黒人として、パリに渡り、「褐色の雌豹」として一世を風靡した人物だ。当時、雑誌『ニューヨーカー』のパリ特派員であったジャネット・フラナーは、一九二五年、ベーカーのデビューに際して、「パリは皮膚の色による人種差別をしなかった」と書き残している。つまり、アメリカとは違い、黒人と白人とのあいだのいわゆる「カラーライン」がこの都市には存在しなかったのだ。アーニーはまさにこのベーカーと同じ体験をすることになる。彼女との出会いによって、それまでニューイングランドでは知らなかった世界をパリで経験するのだ──「パリの街で音楽を聴きながらカクテルに酔いしれていると、肌の色がどうとかこうとかは忘れてしまう。自分が何色かなんて気にならなくなる。ここじゃ関係ないんだよ、肌の色なんて」。

アーニーはヴィヴィという白人の女の子と恋に落ちる。彼は自分の生い立ちや、アメリカでは黒人であることがいかに大変なことであるかを彼女に語る。ヴィヴィはこう言う、「私の国ルーマニアでも、ここパリでも、肌の色は関係ないのよ。それよりも貧しさと戦うことのほうが大変なことなの」。二人は結婚を考えるようになる。いうまでもなくアーニーを育ててきた白人夫婦は、そのことを認めようとはしない。アーニーは悪魔にとりつかれてしまったとしかこの夫婦には考えられない。彼らはアーニーにアメリカに帰って黒人専用のフィスク大学に行くことを勧める。しかし、彼はアメリカにはもう帰りたくないと叫ぶ――「白人とはいつも別々で、隔離され、一緒には何もできない！　黒人はみんなから切り離されているんだ。僕はフィスク大学、でもクラスのほかの連中はハーバードやアマースト、イェール大学に行くんだ。僕はガレージに寝て、あんたたちは家の中で寝ている」。

こうして彼はパリに留まることを選ぶ。この白人夫婦にとって、黒人はあくまでも黒人なのだ。かつては奴隷であり、その後は召使い。白人の言うとおり従っていれば、神のご加護があると言わんばかりだ。ほんとうに心からアーニーの幸せを願っていれば、そんな態度はとれないはずである。彼らはアーニーを一人の人間として見てはいなかったのだ。その親切は神のご機嫌をうかがいながらの偽善的行為でしかなかったのだ。アーニーはパリできっとこう思ったのだろう、「僕はここパリでは一人のアメリカ人になれるんだ」と。ヒューズの詩に「ぼくだって」("I, Too" 一九二五)というのがある。ここで彼は「ぼくだって　アメリカを歌う……ぼくだって　アメリカなんだ」と宣言する。

彼らだってアメリカなのだ。彼らだってアメリカを歌う権利はあるのだ。どんなに表面的に優しくされようとも、どんなに裕福な生活を保障されようとも、一個の人間として扱われないかぎり、誰も真の幸せなど感じることはできないのだ。

自民族中心主義

この短編小説の意図するところは、実は僕のミネソタ体験と基本的にはなんら変わりはない。彼らはあまりにも「自民族中心主義」(ethnocentric)なのだ。自分たちの主義主張が常に正しいという考え方が根底にある。自集団の流儀に従うものは受け入れるが、そうでない場合はあちら側に追いやってしまう。自分たちは「善」で、その外に属するものはすべて「悪」という短絡的な姿勢が身についている。

ミネソタ時代、一度パーティーの席である婦人がこんなことを口にしたことを覚えている。私たちは常に自分たちの国がもっとも清潔だと思っている。だからたとえばアジアに行けば、アジアの「黴菌」に侵されるかもしれないという不安を抱く。つまり日本に行けば日本の黴菌に侵されるかもしれないということだ。この時彼女はごく普通に自分たちの考えを述べてくれていた。何の悪意も感じられなかった。しかし、それはまさに彼らの姿勢をみごとに言い当てた表現であり、自分たちが「善」で、外からのものは「悪」という図式そのものなのだ。だからよそ者はまず彼らの基準で消毒殺菌されなければならないことになる。そうして安全が確認されてはじめて仲間として付き合ってもらえる資格を得ることができるのだ。

ところで、あのシスターは実は日本に一年滞在したのだが、どうやらそこで多くの黴菌に苦しんだらしい。その腹いせが一気にわれわれに向けられたようだった。あとで聞いた話だが、彼女は当時の日本の喫煙人口の多さに耐えられなかったらしい。

黴菌の復活

ただ黴菌は一度の消毒殺菌で終わるとはかぎらない。それはまた復活して繁殖を始めるかもしれない。だから常に注意して監視を続けなければならない。九・一一以来、アメリカに旅行をすると、セキュリティー・チェックがとても厳しくなった。それはヨーロッパにおける扱いとは明らかに違い、まるでわれわれ外国人は黴菌のようだ。テロの防止のためだから仕方がないとはいえ、それにしても少々行き過ぎの感がある。やはり根底にあるよそ者への不信感がここにきてまた再燃し始めたのか。実際はそれだけに留まらず、外からの文化までをも一緒にシャットアウトしようとしているところがある。

二〇〇四年二月二九日の『ロサンゼルス・タイムズ』の記事に、「文化の要塞アメリカ」といった内容のものがあった。そこには、「アメリカは海外の文化や理解に対し、その門戸を閉じようとしているようだ」。外国映画を見たり、翻訳小説を読んだりする人がますます少なくなってきているとある。文化までもがテロリストと同じ扱いを受けようとしているのだ。外の文化に対して心を閉ざしてしまおうとするのは、まさに文化的鎖国状態と言っていいだろう。これでは将来アメリカはアメリカでなくなってしまう。日本の場合のように、長い歴史の中でその伝統を守ろうとするのとは違い、若い国アメリカは外からの文化をできるかぎり多く取り入れることで、より活性化してきたはずだ。いずれにせよ、われわれは常に異教徒として、あるいは黴菌として葬りさられる立場に立たされているのだ。

こういった空気の中では、その集団に所属している人たちにしても、いつあちら側に追放されるかわからないといった恐怖感を常に抱いて生きていかなければならない。あのミネソタのカレッジで、ある女子学生が書き記した比較文化論のレポートを読んで、僕自身も息が詰まるような思いをしたのを覚えている。「たとえば私たち女の子同士仲がよくて、いつも一緒にいたいと思っても、長く話していたいと思っても、それが目立つとまわりからはレズビアン扱いされかねないのです。お酒のことだってタバコのことだって一緒です。私たちはいつも一定の決められたコードの中で生活を強いられており、それを逸脱することは許されないのです」。

いつも周囲の目を気にしながら生きていかなければならない。その中でいつも優等生でいなければならない。なかなか羽目をはずす機会なんて与えられないのだ。日本の場合のような、「酒の席のことだから」とか、「旅の恥はかき捨て」といったどこか緩やかなコードは存在しない。だからこそ彼らは僕たちの家で週末のひと時を過ごすことで、心の底からほっとする体験をしたのだ。異教徒の空気のなかで、黴菌に侵されることもなく。親しくしていたドイツ人教授がよく言っていた、「彼らアメリカ人は酔うために酒を飲む。われわれドイツ人や日本人は楽しむために酒を飲む」と。なかなかの名言だ。

アメリカを語る際に、スモールタウンを無視することはどうしてもできないが、ここでもう一つ紹介しておきたい小説がある。それはグレース・メタリアスの『ペイトン・プレイス』(一九五六)だ。ニューイングランドの小さな町を舞台に、その複雑に入り組んだ社会構造を描いたこの物語は、発売十日間でなんと六万部を売り上げ、六〇週近くにわたり『ニューヨーク・タイムズ』のベストセラー・リストに顔を出し続けた。こうして一九三六年に出た『風と共に去りぬ』に次ぐ大ヒット作となったが、翌五七年に映画化、さらに一九六四年から六九年にかけて連続テレビドラマとして放映され、全米の人気をさらった。批評家の間では駄作だとこきおろされたが、それにもかかわらずこれだけの人気を博するということは、結局アメリカの多くの部分がスモールタウン的な要素を有しており、そこに今なお共感を覚えるからだろう。この連続ドラマが二〇〇九年六月にアメリカでＤＶＤ化されたこともそのことを裏付けていると言える。

アメリカ的風景

ホーソーンが『緋文字』を著したアメリカの一九世紀中頃は、いわゆるニューイングランド地方で興った「アメリカン・ルネサンス」の隆盛によって、アメリカは文化的にも独立を果たす時期を迎えるのである。主たる思想家、作家には、エマソンやソロー、それにメルヴィル、ポーらがいた。アメリカがヨーロッパの国々や日本などと違って、歴史的に若い国であることはよく知られている。イギリスからの独立は一八世紀後半の一七七六年だから、まだ二世紀半が経過しただけの国である。そんなアメリカは、文化的には一九世紀の中頃までイギリス本国をはじめとするヨーロッパに大きく依存していた。文学、絵画、音楽など、特別に自前のものを創り出そうとしなくても輸入物で十分だという雰囲気が漂っていたのだ。

ラルフ・ウォルドー・エマソンは「アメリカの学者」と題する一八三七年にハーバード大学で行った講演のなかで、アメリカはもはや文化的にヨーロッパに頼ることなく、自分たちの足で歩いていくべきだと訴えた。そして、ヘンリー・デイヴィッド・ソローは、『ウォールデン』(一八五四)という著作において、アメリカの風景の中にヨーロッパの文化を持ち込むのではなく、独自の文化を築き上げるべきだと説いた。

ソローやエマソンの言う「アメリカ的風景」とは何か。それは、ニューイングランドのみならず、そこを越えたところにある風景をも含めていた。つまり彼らは、アメリカにはさらにもっと広大な風景が広がっていることを強調したかった。ニューイングランドの一地方に留まることなく、もっと広くアメリカ全体に目を向けるべきだと訴えたかったのだ。これはまさに『緋文字』のヘスターの考え方でもあった。ここで、ソローが『ウォールデン』に込めた思いとはどのようなものであったのだろうか。彼はアメリカが進むべき道をどのように説いているのだろうか。

『ウォールデン――森の生活』

これはソローという若者の手による大胆で冒険に満ちあふれた内容の書物であり、読者をわくわくさせるエネルギーに満ちている。そして何よりも現代的だ。二〇世紀を経て、二一世紀に突入したわれわれ現代人のために書かれたといってもよい古典の名著だ。その設定は、ニューイングランドの片田舎の小さな町のさらにはずれにある森の中の池のほとりであるだけに、一見退屈に思える。「ウォールデン」とはその池の名前であり、登場人物といえば、動植物や魚たちが大半を占め、言葉を発する人間はほとんど出てこない。この池と同様、静けさが全体を支配している。芭蕉があの蛙の句を詠んだ場所のようだ。

しかし、そんな静寂の中、そこにはソローの「内なる声」が高らかに鳴り響いている。社会から少し距離を置いた状況の中で読者に呼びかけるソローの声は説得力にあふれている。それは、社会の動きに翻弄されない定点観測だからこそ出せる力である。そうした作業は、今日あまりにも激しく移動し、不安的に浮遊する状況に囲まれたわれわれには、時に不可能にさえ思えてくる。ではそれは一五〇〇年前だからできたことなのだろうか。いや、そうではない。

この時代、アメリカは大きく動き始めていた。すでにテクノロジーの象徴としての鉄道がこの森のすぐ近くを走っていたのだ。ホーソーンらと同様、ソローもこのことを手放しで喜べなかった。周囲の人間が産業化によって組織化された社会の一部になっていく中、いかに人間らしく生きるかを必死で説こうとしたのだ。文明社会における情報の多さによって、自分を見失いがちな現代人の姿がすでにここにあると言える。そんな人々に対し、もっと簡素な生き方をせよ、まわりに邪魔されず、もっと自己の内面を見つめよとソローは叫んでいる。それが『ウォールデン』だ。

ソローのまわりに住む人はいない。隣人の家は一マイルも離れているのだ。そこでは森はすべて彼のものであり、そこで彼は自分自身の太陽と月と星を持ち、自分自身の小さな世界を持っている。このように、人と群れることを避け、社会から距離を置いた場所で一人自分を見つめ続ける。彼の住まいは池のほとりに自らが建てた簡素な丸太小屋だ。

心の旅

ソローは暗い夜に釣り糸を通して魚と交信しようとする。そうして自然と一つになるのだ。しかしそれだけに留まらず、彼はさらにその釣り糸を、今度は水中ではなく空に向かって投げる。それは「夢を釣るため」だ。人は年とともに理想を失いがちだが、それは彼にはあてはまらない。ソローは池のほとりで一人「そよ風に耳を傾け」、絶えず自然が奏でる「美しい音楽」を聞きとろうとする。こうして彼は「最高に鋭い感受性」を持ち続ける。

このようにソローは世の中の動きに左右されることなく、自身の理想に向かって一人歩んでいこうとした人物だった。もちろん彼は一か所に留まっていたわけであって、実際に旅をしたわけではない。彼の行動範囲はごく限られていた。しかし、心は広大なアメリカ中を駆け巡っていたのだ。つまり、彼の旅とは「心の旅」なのだ。

このあと、この「心の旅」を実際に行動に移す後継者たちが続々と登場する。ソローのチルドレンたちだ。トニー・タナーも指摘しているように、一人の男が、機械のように扱われ、押しつぶされそうな社会を離れていくところから始まる物語は、この『ウォールデン』以降、何と多いことか。中でも特にソローの流れをしっかりと受け継いだのが、『草の葉』（一八五五－九二）のウォルト・ホイットマンや『ライ麦畑で捕まえて』（一九五一）のサリンジャーであり、さらに忘れてはならないのが、ケルアックの『オン・ザ・ロード』だ。

ホイットマンはアメリカ・ルネッサンス期の代表的詩人であるが、『草の葉』は壮大な詩集であり、アメリカそのものを賛美したものだ。その中でも特によく知られた詩は、「ぼくはぼく自身を讃え、ぼく自身を歌う」で始まる「ぼく自身の歌」だ。この主人公「ぼく」は、「オープン・ロードの歌」という詩の中で「長い褐色の道」を進んでいく。目の前に広がる「世界」を自分の目で確かめる旅に出ていくのだ。それはきっとどこまでも続いているに違いないという信念を「ぼく」は抱いている。「ぼく」はこう歌う――「出かけよう、ぼくらはこんなところに立ちどまってはならぬ、／貯えられたこれらの品がたといどんなに快く、今の住居《すまい》がたといどんなに便利だろうと、ここにとどまってはいられない、／この港がどんなに安全で、このあたりの波がどんなに静かだろうと、ぼくらはここに錨《いかり》をおろしてはならぬ、／ぼくらのまわりの人の好意がどんなにありがたく身にしみてもぼくらがそれを受けてもいいのはほんのわずかなあいだだけだ」。まさに、ディランへと受け継がれていく精神と言えるだろう。

『ライ麦畑』は、二〇〇三年に新訳『キャッチャー・イン・ザ・ライ』（村上春樹訳）が出たほどの人気小説であるが、アメリカ文学における「イノセント・ストーリー」の原点のような作品だ。そこには穢れのない純粋な心をもった主人公のホールデン少年が、世の中になじめずに傷ついていく姿が描かれている。結果的には実現できなかったものの、彼の心は常に西部を目指していた。ホールデンはそこにたどり着いたら、森のすぐ側に小さな小屋を建てて、一人ひっそりと暮らしたいと願っていた。この森の小屋は明らかにウォールデン湖畔のソローの住まいを思い起こさせるものだ。ウォールデンとホールデン、この見事な韻の踏み方は決して偶然ではないだろう。

詩人の長田弘は『オン・ザ・ロード』の魅力を「物語のなかにひろげられた一枚の地図」であるとしているが、その主人公はまさにロードそのものであり、これによってアメリカの「忘れられていた夢」が蘇ったのであった。それはソローの叫びに従い、ソローが思い描いた理想のアメリカを探して、アメリカ中の道路を駆けめぐろうとした作品である。さらに付け加えれば、自らの詩を歌うことで表現したボブ・ディランもこの流れの中に位置付けることができるし、また映画『イージー・ライダー』などもこの系譜に属するものである。これらの作品の主人公たちは、ソローの言うように、みなシンプルな生き方を求めて旅に出たのだ。彼らはみな異端児である。しかし、アメリカ人の始まりそのものが、そもそも異端児的であったことを忘れてはならない。

第三章　ジャズ・エイジのアメリカ

　彼の話を聞き終わると、それは不快な感傷に彩られていたとはいうものの、僕は何かを思い出した――遠い昔、どこかで耳にしながら聞き流していた音楽のリズム、忘れていた言葉の断片。一瞬、ある言葉が僕の口の中で形をとりそうになり、僕は口がきけないかのように口を半開きにして、一塊の空気の振動ばかりでなく、そのうえ何かを生みそうだった。しかし、そこからは音は生まれなかった。そして、僕が思い出しそうになったものは、永久に誰にも伝わらぬままに終わってしまった。

F・スコット・フィッツジェラルド
『グレート・ギャツビー』より

ヨーロッパへの回帰

こうして、アメリカは保護者の手を離れ、自分の足で歩み始めることとなったのであるが、しばらくするとまたふたたび保護者の元に返っていく。まるで自信を喪失したかに見える時代を迎えるのである。もちろん、アメリカ全体ではなく、一部の知識人のあいだでという限定付きではあるが、彼らはアメリカには文化はないと考えるようになる。そうして、祖国アメリカをあとにし、パリを中心としたヨーロッパへと渡っていくのである。ただ夢に向かってひたすら真っすぐに進むことができず、逆の方向に向いていったことになる。

アメリカ国内は空前の好景気に沸き、経済的にも政治的にも最強の国家へと成長していたにもかかわらず、なぜ祖国に絶望し、「国籍離脱者《イクスペイトリアット》」となっていったのだろうか。人々はアメリカの何に不満を感じたのであろうか。いずれにしても、アメリカはこうしてふたたび大西洋を越えて、ヨーロッパへの回帰の時期を迎える。それは「ジャズ・エイジ」と呼ばれた一九二〇年代のことである。しかし、それも一九二九年の「大恐慌」によってあっけなく終焉を迎えることとなる。わずか十年間の狂乱の日々であった。

ジャズ・エイジと大恐慌

第一次世界大戦を境にアメリカは大きく変貌する。それまで支配的だったヴィクトリア朝の文化、つまり、厳しい道徳観を特徴とした文化から脱皮し、古いモラルや価値観を捨てた新たな文化が形作られる。この時代、ピューリタンの厳格な道徳観を否定し、それまでには考えられなかった文化が創造されていった背景には、いくつかの要素が存在するものの、なんといっても経済的な側面を抜きには考えられない。

ジャズの名を冠したこの時代、アメリカ経済は活況を呈し、人々は豊かな生活を享受した。ここで言うジャズとは、音楽そのものを指しているのではなく、この時代の雰囲気を表しているものであった。その背後にジャズ的なサウンドが流れていたという程度の使い方だった。大衆はラジオ、車、雑誌の普及により、物質的に豊かになり、ますますその好奇心を膨らませていった。そしてその好奇心は留まるところを知らず、次から次へと刺激的な情報を望むようになっていったのである。

文学史的には「失われた世代《ロスト・ジェネレーション》」と呼ばれ、古い価値観を捨て去ったものの、それに代わる新たな生きるよりどころを見出せない若者たちは、豊かな生活を送る反面、無気力に陥る傾向にあった。そして、多くの人々が、禁酒法が実施されていた時代であったにもかかわらず、酒に溺れていった。富を手にし、豊かな生活を送ることを人生最大の目的と考えるようになった人々は、好景気は永遠に続くと信じていた。

しかし、それは突然やってきた。大恐慌だ。これによって世の中はまた大きく変わることとなる。二〇年代、人々の生活はどんどん豊かになっていったが、二九年を境にそれは大きく変化したのだった。

この時代の様子を鮮明に描いた作家F・スコット・フィッツジェラルドによると、日常生活の中には快楽があふれ、人々はますます忙しくなり、若者たちは二十歳そこそこで疲れ果て、無気力になっていったという。いかに好景気の中にあっても、若者を中心に人々の心はなぜか満たされていなかったのだ。歴史家のF・L・アレンは、その著書『オンリー・イエスタデイ』（一九三一）において、「アメリカ国民は精神的飢餓状態にあった」と分析している。つまり、物質的には満たされていても、人々は精神的には飢えていた。どうしようもない閉塞感が漂っていたのだ。

この時代には、それまで続いたピューリタン的信仰心が大きく薄れ、神に代わって形ある物に対する信仰心が強まっていった。しかし、人々はそこにかつての輝きを見出せなくなっていた。それは、アメリカ人を常に駆り立ててきた目には見えない大きな力だった。この時代、「アメリカン・ドリーム」は死滅しつつあったのだ。一〇年代の繁栄と熱狂の裏側には、何かしら捉えどころのない「不安」も同居していた。言い換えれば、人々は目の前に伸びていたはずのハイウェイを見失いつつあったのだ。

そんな状況の中、人々は経済的な豊かさにしか関心を持たなくなってしまっていた。一度味をしめてしまった快楽は、そこに何かまちがいがあると気づいてはいても、もはや手放すことはできなくなってしまっていたのだ。

二〇年代後半、アメリカの大衆は株式市場の動向に大きな関心を寄せるようになっていた。企業家から労働者、主婦にいたるまで、あらゆる階層の人々が株を買い、ラジオの株式市況に耳を傾けた。人々は株価が暴落することなど決してありえないと考えていたが、それは、豊かな生活が彼らのまわりに満ちあふれていたからである。人々は好景気に対して絶対的な信頼を寄せていた。そして一九二七年の第一週には、株の取引高が史上最高を記録している。

そしていよいよ一九二九年を迎えるが、この段階でも依然として好景気は続いていた。人々は株を買い続け、堅実に貯蓄をしようなどとは考えもしなかった。九月三日、株価は最高値を記録した。その後、小さな下落を繰り返すものの、人々に危機感は全くなかった。アレンはこの頃の様子をみごとに描き出している。

金持の車の運転手は、運転しながらベツレヘム・スティール株のさし迫った動きを伝えるニュースを聞こうと、聞き耳を立てていた。……仲買人の事務所の窓拭きは、相場表示機を見ようとして手を休めた。彼は苦労して貯めた貯金を、何枚かのシモンズ株に換えようとしていたのだった。エドウィン・ルフェーブルの話によると、ある仲買人のボーイは市場で二十五万ドル近い金を儲けていた。患者のお札のチップを貯めた見習い看護婦は三万ドル残していた。いちばん近い鉄道の駅まで三十マイルはたっぷりあるワイオミングの牧場主が一日に千株の売買をしていた――彼は市場の相場をラジオで聞いて、一番近い大きな町に電話で注文し、それを電報でニューヨークへ取り次いでもらっていたというのである。……晩餐のテーブルごしに、人びとは突然財産をつくったという夢のような話を取沙汰した。ある若い銀行家は、彼のわずかばかりの資本金を一ドル残らずナイルズ・ビーメント・ポンド株につぎこみ、いまや一生困らない利益を得ていた。……多くの人びとが、自分の運命を託している会社がどんな種類の会社なのかをまったく知らずに投機をやり――そして儲けていた……。雑貨屋、電車の運転手、鉛管工、お針子、もぐり酒場の給仕までが相場をやった。反逆しているはずの知識人さえも、市場にいた。

しかし、その日は刻々と近づきつつあった。一九二九年一〇月二四日、株価は突然大暴落する。五日後、それを上回る株価の総崩れが起き、いわゆる「恐慌」が始まった。建国以来まだ歴史の浅い国アメリカはついに破綻し、大きな挫折を味わうことになる。繁栄の頂点から不況のどん底への転落。それはこの国だけに留まらず、恐慌はアメリカから世界へとあっという間に広がっていった。

ジャズ・エイジの終焉

第一次大戦後の一九一九年ごろから始まるとされるジャズ・エイジは、こうして終焉を迎えたわけだが、フィッツジェラルドの短編小説「バビロンに帰る」（一九三一）はこの大恐慌の前後の様子を知ることのできる格好の材料だ。舞台は二〇年代のパリで、ドルの強さを武器にこの街をわが物顔で闊歩していたアメリカ人たちも、大恐慌を境にみんな洪水が引くように消えていく。その後、チャーリーという主人公の男がある目的のためにふたたびパリを訪れる物語である。

二〇年代のパリは、セーヌ左岸を中心に、世界の文化の中心的役割を果たしていた。アメリカの大衆文化に失望した知識人たちはその多くがアメリカを捨て、そんなパリに渡っていった。しかし、パリに憧れたのは知識人だけではなく、強いドルに支えられた一般大衆も同様であった。ドルがフランに対していかに強かったかは、「バビロンに帰る」の中の一節を見れば明らかだ。

彼［チャーリー］はパリの大衆向けレストランで食事をしたことが一度もなかった。五皿のディナーがワイン込みで四フラン五十、たったの十八セントである。とくに理由はないのだが、それを食べておけばよかったのになと彼は後悔した。

たったの一八セントで、これだけの料理をワイン付で食べることができたのだから、いかにドルが強かったかがわかる。ちなみに当時の為替レートは、一九二五年を例に挙げると、一ドルが二一・二五フランであった。そんな理由から、パリには多くのアメリカ人が住み、自由奔放な暮らしをしていた。次の引用はチャーリーがお金を湯水のように使っていた様子を描いている。

彼は覚えていた。たったひとつの曲を演奏させるために何枚もの千フラン札がオーケストラに与えられたことを。タクシーを呼んだだけで何枚もの百フラン札がドアマンに放られたことを。

アメリカ人の狂乱ぶりはアメリカ国内に留まらず、大西洋を越えていったのだった。

さて、チャーリーの目的とは、一人娘のオノリアを取り戻すことであった。オノリアは彼と亡き妻ヘレンとの間の一人娘である。この夫婦は愛し合っていたにもかかわらず、バーで些細なことから口論になり、一足先に帰宅したチャーリーは玄関に鍵をかけたまま眠ってしまう。ヘレンは家に入ることができず、雪の中をさまよい、かろうじて肺炎にかかることは免れたものの、その後、彼女は心臓発作で亡くなってしまうのだ。ヘレンが亡くなる時、彼はアル中患者の療養所に入っており、おまけに恐慌で財産をすべて失っていた。そこで、オノリアはヘレンの姉夫婦に預けられることになる。

その後、チャーリーはプラハへと旅立つ。酒を断ち、まじめに仕事をするようになった彼は、娘のオノリアを取り戻すためにふたたびパリを訪れる。タイトルの「バビロン」は、繁栄と贅沢、そして罪悪の都の代名詞として使われるが、ここでは言うまでもなくパリのことを指している。つまり、これは、妻を無くし、そして今娘を取り戻そうとしている男の物語である。

ヘレンの姉はチャーリーに対して決してよくは思っていないものの、今や拒否する理由もなく、オノリアを彼のもとに返すことにしぶしぶ同意する。しかしすべてがうまくいきそうになったそんな矢先、チャーリーのかつての遊び仲間だったロレインとダンカンの二人が酔っ払って大切なディナーの席に乱入し、すべては白紙に戻ってしまう。まるで「過去の亡霊」のように現れた二人だが、それもこれもチャーリーの身から出た錆だった。どんなに更生してやり直そうとしても、一度犯した過去の罪は簡単にはぬぐい去れないのだ。

ここでチャーリーは、かつてはパリにありながらアメリカ人のための店と化していたリッツ・ホテルのバーにふたたび戻り、過去を振り返る。そこで、自分に今いちばん必要なのは娘のオノリアであることを強く再確認するチャーリーは、あきらめることなく、いつかはきっと娘を取り戻すのだと固く心に誓う。しかし、その時同時に彼の心にあることが浮かぶ。

今の彼にできるのは、オノリアに何かものを買ってやるくらいだ。明日はあの子にいろんなものを送ってやろう。ただの金じゃないかと、彼は怒りのようなものをこめてそう思った。俺は前にも湯水のように金をばらまいたんだ……

チャーリーはまたさらにこう思う。

またいつか戻ってくるだろう。彼らだっていつまでもいつまでも俺に代価をはらわせつづけるわけにはいかないはずだ。しかし彼はどうしても子供を手に入れたかった。その事実に比べれば、他のことなどどうでもいい。彼はもう、甘い思いや夢をひとりで抱え込んで生きている若者ではなかった。これだけははっきり言える、と彼は思った。ヘレンだって、俺にこれほどまで孤独になってほしくはなかっただろう。

チャーリーの心に浮かんだこととは、娘に何かを買ってやろうということであった。そこで彼は金でしか事を解決できない自分を腹立たしく思う。もうそんなことは繰り返したくない。それより、子供を取り戻したい。

この子供への執着心の意味するものは何だろうか。子供は無垢《イノセンス》の象徴である。アメリカにとっては特にそうであった。だからこそ、もう一度子供のような純粋な気持ちでやり直したい。アメリカがまだ若かった頃の理想を取り戻したい。そんな意味が込められているのだろう。彼はいつかほんとうに娘を取り戻せるのだろうか。アメリカは本来の理想を復活できるのだろうか。

あるいは、ここではもう一つの解釈も可能かもしれない。それは、チャーリーは結局のところ改心してはいないという見方だ。彼がやろうとしたことは、金で過去を買い戻そうとしたにすぎないとも言えるからだ。となると、アメリカ人にとっての大恐慌とは何だったのだろうか。

大恐慌の教訓

大恐慌後、故国からの仕送りの途絶えたアメリカ人たちは帰国を余儀なくされた。しかし、自由奔放な生活をしてきた彼らが支払うべき代償は大きなものであった。まさに狂乱の時代を無責任に生きた人々は、失ったものも大きかったのだ。大恐慌はそんな教訓をアメリカ人に与えてくれたのかもしれない。先ほどのリッツ・ホテルのバーの場面で、チャーリーはバーテンのポールとこんな会話を交わす。

「すっかり様変わりしてしまいましたよ」と彼は悲しげに言った。「昔のおおよそ半分の商売にしかなりません。アメリカにいらっしゃる方々も、多くは一文なしになられたようです。最初のガラは持ちこたえても、二度めのでやられたらしいです。……あなたはアメリカにお帰りになっていたんですか?」

「いや、僕はプラハで仕事をしているんだ」

「ガラでずいぶんご損をなすったとか」

「したさ」そして顔をしかめながらこうつけ加えた。「でも僕は、自分の求めていたものをすべて好況の中で無くしたんだ」

「空売りっていうやつですか」

「まあそんなところだね」

ここでチャーリーが言おうとしていることは金のことではない。経済的にはもっとも羽振りがよかった時にこそ、彼はいちばん大切なもの、つまり家庭を失ってしまったと言っているのだ。ただその時には自分がいちばん何を求めているのかに気づいていなかった。気がついた時にはすべてが手からすり抜けてしまっていた。チャーリーはさらに昔に思いを馳せる。

再びその頃の思い出が悪夢のように流れ込んできた。旅行中に彼らが会った人々。足し算もできなければ、まともなセンテンスひとつしゃべれない人々。船のパーティーでヘレンがダンスをすることを承諾した小男。なのにそいつはテーブルから十フィート離れたところで彼女を侮辱した。酒やらドラッグやらに酔って、大声でわめきながらみんなの前から連れ去られた女たち、娘たち――

――妻を雪の中に閉め出していた男たち。一九二九年の雪は本物の雪には見えなかったからだ。もしそれが雪であることを望まないのなら、君はただ金を払えばいいのだ。

みんな狂っていた。何かがまちがっていた。ただその時は誰もそのことに気づいていなかっただけだ。何も怖いものはなかった。金さえ払えばすべては何とでもなると過信していた。かりに雪が降っていようとも大丈夫さ。死んだりはしないよ。金の力でその雪を雪じゃなくしてあげるから。そんな傲慢な考え方が知らず知らずのうちに身についていたのだろう。金は自然の力にも勝るというのはあまりにも傲慢であり、恐ろしいことだ。でも空前の好景気はそんなふうに人を変え、そして狂わせてしまった。

フィッツジェラルドがこの作品で伝えようとしているメッセージを考える時、次のようなことが言えるかもしれない――過ぎたことは仕方がない。しかし、失ったものをもう一度取り戻すためにアメリカ人は心を入れ替え、人生を真摯な態度で生きなければならない。回復はそう簡単ではないだろう。でも、初心に返り、アメリカの夢がまぶしく輝いていた、あの頃の精神を思い出しながら、決してあきらめずに前に進んでいかなければならない。

しかし、果たしてアメリカはそのことに成功したのだろうか。やはり、回復できないまま、流れに身を任せるしかなかったのだろうか。目の前に伸びるハイウェイをふたたび見出すことはできたのだろうか。

大恐慌は一つの時代の終焉を意味した。それは緩やかな変化ではなく、急激なものであった。確かに、それは人々を貧困に陥れ、社会に大きな混乱をもたらしはしたが、まちがったままの生き方を実践し続けることに歯止めをかけてくれたという点では、ありがたい教訓であったはずだ。その後の歴史において、この教訓が、アメリカのみならず、日本をはじめ、世界において活かされていることをひたすら望みたいところだが、果たして現実はどうなのだろうか。

日本のジャズ・エイジ

こうしてアメリカの二〇年代と大恐慌のことを振り返る時、どこか妙に懐かしい気持ちになりはしないだろうか。ごく最近、身近なところで似たような現象があったような気がしないだろうか。それはいうまでもなくわが国日本に起こったことである。

七〇年代後半以降から少し前までの日本を考える時、アメリカ二〇年代の状況と酷似していると思う人は少なくないだろう。いわゆる高度資本主義社会に突入した日本は、大いなる発展を遂げてきた。好景気の中、人々はますます豊かな生活を享受するようになった。こうした繁栄は留まるところを知らず、時にはアメリカを追い抜き、世界のトップに躍り出たかのような錯覚さえ抱かせるほどであった。それは日本企業による映画会社のＭＧＭやニューヨークのロックフェラー・センターの買収などに象徴される。

そうして、その後、日本は八〇年代の後半から九〇年代にかけて、いわゆる「バブルの時代」を迎える。この時代を佐伯啓思は、『「欲望」と資本主義』の中で、次のように説明している。

これは、株や土地さらには美術品やゴルフの会員権などの資産が、実勢以上にその市場価値を膨らませていった時代である。しかし、同時に、……一般の商品世界でもファッション性やデザインが大きな価値を生みだした時代でもあった。素材的には、あるいは機能的には同じような商品が、ほんのわずかなデザインの相違や、場合によってはネーミングによって一瞬のうちに多くの消費者をつかんだ。人々の「好奇心」をすこし刺激することに成功すれば、たちまち価値が膨らんだのである。

こうした現象は、総括して「バブル的現象」といってよかろう。情報の回路で価値を生みだしたものが、市場でその価値を確認され、それがさらに情報の回路で増幅され、市場に送り込まれる。こうして本来それがもつであろうよりもはるかに増幅し、水増しされた価値をもつのである。

このように、価値が情報や人々の心理によって実態と離れて増幅するという現象は、知識や思想面でも起こったと佐伯は言う。バブルの時期と相前後してもてはやされた言葉に、「ポスト・モダン」があるが、これなどは「知的世界におけるバブル」であった。

「ポスト・モダン」は、「モダン（近代）」な世界が目指す、「真理」や「社会のために役立つ」、といったことを最初から否定してしまう。すると、あとに残るのは、楽しいかどうか、刺激的かどうか、といったことだけになってしまうだろう。つまり、読者の「好奇心」を刺激できるかどうか、ということだ。

その結果、「ポスト・モダンの知識」は、一種の人気取りになってしまう。内容の深さや真実性ではなく、読者の好奇心を刺激するような戦略をとることが、ポスト・モダンの知識の意味になってしまうのだ。

こうして、言葉はリアリティを失ってゆく。言葉は、リアリティから乖離して、ただ効果だけを狙ったものとなってゆく。言葉が、メディア・情報の回路で、ただ「好奇心」を刺激するだけで次々と回転してゆくのである。実体を失ったところで、言葉や知識が商業主義と結びあって、市場における人気投票で価値を膨らませる。それが、八〇年代日本の「ポスト・モダン」現象の実際であった。これもまたバブルというべきだろう。

「バブル」と「ポスト・モダン」はこのように密接につながっていることがわかる。

バブル後の日本の行方――精神的大恐慌

ここで、一九九八年一〇月三日の『朝日新聞』（夕刊）に掲載された記事を見てみたい。それは、イタリアの衣料メーカー「ベネトン」の広告の企画・製作を担当するオリビエーロ・トスカーニという人が、新たな広告写真の被写体に東京の原宿の若者を選んだというものだ。ベネトンの広告は、商品を一切紹介せずに、エイズや環境問題など世界が抱えている大きなテーマを一枚の写真で訴えるというユニークなものであった。

自ら写真をも手がけるトスカーニ氏によると、日本の若者を選んだ理由を次のように説明している――「世界の若者の多くが貧困と戦禍にあえいでいる。いまだに世界の覇者だと信じている欧米でも、若者は階級差別や失業に悩まされている。そうした問題にさらされずに生活している世界で唯一の存在が日本の若者だから だ」。彼は、「原宿の若者たちは世界一おしゃれで清潔、暴力とも無縁で、まるで天使のよう」に見えたと言っている。インタビューした若者は誰も政治や社会について語らなかったらしい。そこで、「日本の現実を無意識に拒絶する彼らは、実は悲劇の天使なのではないか」と思えてきたという。「悲劇の天使」とはなんとも悲しく響く表現ではないか。これは、「バビロンに帰る」の少女、オノリアを思い出させるところがある。

ヨーロッパの高級ブランドと古着をさりげなく着こなした少女は「未来よりも大昔の方がいい。サルになって、この世の生まれた時まで戻りたい」と語ったそうだ。それは、もう一度すべての原点に返って最初からやり直したいということなのだろうか。今日のわれわれを取り巻く状況はどこかでその軌道を外れてしまったということなのだろうか。「世界で最も経済的に成功した企業戦士の子供たちは、現実感と目的を失って想像の世界に遊ぶ、こぎれいな天使だった」のだ。

こうした光景を目にしたトスカーニ氏は次のような予言をしている――「貧困や暴力にも増して、我々が今後直面する悲劇の前触れなのではないだろうか?」これを聞いて深く考えさせられる人は少なくないだろう。ジャズ・エイジを現代社会の原型と捉える時、その理由の一つはこのあたりに見出せるのではないか。

わが国のバブル崩壊後、もっともよく耳にした言葉が「景気の回復」だった。多くの人々がこのことを最優先に考えていたようだ。もちろんそれはそれで大切な課題ではあるが、一つ大切なことを見落としていたのではないだろうか。それは「精神の回復」だ。これを無視したままでは、いずれ景気が回復したとしても、またわれわれは同じ歴史を繰り返すことになってしまう。

そんな不安を抱えながら新しい世紀に突入したわけだが、二〇〇八年秋、アメリカのリーマン・ショックに端を発し、世界はふたたび経済危機に直面することとなった。「百年ぶりの大恐慌」とも言われている。つまり、一九二九年以来の不景気に見舞われているというのだ。そこでふたたび景気回復が世界の最優先課題だと叫ばれている。確かに事態は深刻だ。

しかし、今こそわれわれは思い出さなければならない。景気の回復と同時に考えなければならないことは何であるかを。それを無視したままでは、経済面だけではなく、今度は精神的な意味での「大恐慌」に陥ってしまうのではないだろうか。これだけはなんとしても避けなければならない。

日本がバブル崩壊の経験を生かすことをひたすら望むと同時に、アメリカがオバマ新大統領の下、この局面をどう乗り切るのかを静かに見守りたい。

大恐慌後のアメリカ

二〇年代の未曽有の好景気から一転し、世界に広がる大恐慌の発端となったアメリカは、その後どのような道を歩んだのか。それはひたすら経済的に強い国を復活させ、その手で世界を制覇することであった。そして、第二次世界大戦後は、日本もそのあとを追うことを第一の目標とするようになっていった。やがて気がつけばこの二つの国は経済的によきライバルとなった。ここまで昇りつめた日本は、世界の羨望の的ともなった。かつてサッチャー時代のイギリスが「日本に学べ」と発言したことさえあったほどだ。

しかしその栄光の影で苦しむ人々がいる。それはアメリカも日本も同じだ。今や両国は同じ問題を抱えている。川村湊が『戦後文学を問う』において説いているように、戦後アメリカを内在化してしまった日本は、アメリカと多くの問題を共有している。特に精神面においては、アメリカの問題は日本の問題でもあるのだ。心に深い傷を負ったまま、何かすがれるものを必死で捜し求めながら生きている人々が数多く存在する。

『グレート・ギャツビー』

アメリカはなぜ道をまちがえてしまったのだろうか。まっすぐに続いていたはずのハイウェイはどこに消えてしまったのだろう。この疑問に答えてくれる恰好の小説がある。それはフィッツジェラルドの『グレート・ギャツビー』(一九二五)だ。この小説の主人公ギャツビーの失敗こそが、ジャズ・エイジのアメリカを象徴していると言える。この主人公も、あのソローのチルドレンの一人であるはずだった。それがなぜ失敗に至ったのか。『ウォールデン』を振り返りながら検証してみたい。

ノース・ダコタ州の貧しい農家出身のギャツビーは、十代半ばの夢多き少年であった。彼は毎晩何か言葉では言い表せない奇怪な空想を抱く中、「絢爛たる世界」を思い描き、その心を弾ませていた。彼の夢は自分が甲斐性のない両親の息子であることを許さなかった。つまり、自分の両親には成しえなかった経済的な成功が必要であった。ただ、それはこの段階では十代半ばの少年が考えそうな他愛のない世俗的な立身出世の夢であり、それがすべての問題を解決できるものではないことにまだ気づいてはいなかった。

そんな彼はデイジーという裕福で「家柄の良い」家庭の娘と恋に落ちる。この娘に自分の夢を託すことはその夢の実現の妨げになると知りながらも、彼女を自分の夢に重ね合わせていく。貧しい彼はその恋を成就させることもできないまま、第一次世界大戦の戦地ヨーロッパに赴く。だが彼は彼女を決して忘れることはなかった。帰国後、非合法な手段を使ってでも、彼女をもう一度取り戻そうと惜しみない努力を重ねる。そうして富を手にした彼は、ついに彼女との再会の時を迎える。

しかしそこには過酷な現実が待っていた。すでに失われた時を取り戻すことは不可能だったのだ。それでも彼はあきらめず、「過去は繰り返せる」と信じたのであった。あと少しでかつての恋人を取り戻せるかに見えた。しかし、現実は無情にも彼のそれまでのひたむきな努力を水の泡にしてしまう。それればかりか、彼は無残な死を遂げる結果となってしまうのだ。そして時は何事もなかったかのように過去を過去へと追いやっていくかに見えた。だが、すべてはそこで終わることはなかった。ギャツビーの遺志を受け継ぐ一人の男が存在したのだ。それはこの物語の語り手であるニック・キャラウェイである。彼によってギャツビーの夢に永遠性が与えられ、この物語は完結する。

こうして夢は何とか引き継がれたものの、ギャツビー自身は夢を叶えることができず、その人生は失敗に終わった。その夢の本質はアメリカの理想そのものであり、その壮大さは計り知れないほどのものであった。それにもかかわらず、なぜ彼の夢は挫折してしまったのだろうか。

物質崇拝の時代

ギャツビーの家は、かつての「新世界の初々しい緑の胸」を成す叢林の木々を切り倒して建てられたものだ。それはソローが池のほとりに建てた簡素な家とは正反対に、豪奢そのものである。

その新大陸の緑したたる自然は今や消滅し、さらにその一部は「灰の谷」と化している。これは『ギャツビー』の冒頭部分に描かれている東部の荒廃した一地域のことであり、緑の大地と対称をなす描写だ。つまり工業化が進んだアメリカはその自然の多くを失い、残された緑は、ギャツビーがかつての恋人デイジーに重ね合わせている「緑の灯火」という象徴の中に閉じ込められてしまっている。それが『ギャツビー』に描かれた二〇世紀初頭のアメリカ東部の風景である。

それでは、ソローの意思はすでにここには残っていないのであろうか。そう結論するのは少々早すぎる。確かに簡素な生活は物質主義に犯され、自然もかなりの部分が失われてしまっている。しかしその兆しはすでにソローの小屋の周辺にも見られたわけであり、彼が強調しているのは、自然保護ではない。彼も必要な木は切ったし、すでに周辺は開発の手がまわっている地域であった。そうではなくて、彼が目指したのは「心の自然」だ。ソローが「心の旅」と呼んだものだ。

ソローの時代、人々は巨大な鉄の塊である蒸気機関車を崇拝した。マーク・トウェインの『ハックルベリー・フィンの冒険』（一八八四）では筏よりも巨大な蒸気船のほうが偉大に見えた。二〇世紀に入ると、車がその存在感を誇示し始めた。『ギャツビー』においては、灰の谷でガレージを経営するウィルソンは、目の前に据えられている眼科医の看板の巨大な目を見て、「神はすべてをお見通しだ」とつぶやくが、それは本物の神ではない。物質がまるで神であるかのように捉えられ始めただけなのだ。

ギャツビーも「心の旅」を大切にしていた。しかし、残念ながら夢の途中でその方向を見誤ってしまったのだ。彼はいつしか自分の夢を「金の声《マネー》」を持つデイジーに重ね合わせてしまう。つまり「心の声」は聞こえなくなってしまったのだ。そこで果てしなく続くはずの心の旅は中断され、物質崇拝に心を奪われるようになっていった。ジャズ・エイジの人々もまさにこれと同じ道をたどったのだ。

ギャツビーの死後、ニックは永住するつもりでやってきた東部を離れ、ふたたび西へと向かう。かつてスリルと興奮を覚えた中西部の輝きをまた探し求めて。それはもはや新しい場所ではない。未知の土地ではない。しかし、精神的には、まったく以前とは違っている。落ち葉焚きの煙が漂い、物干し竿の洗濯物が凍り始める頃に彼は東部をあとにするが、それに続くミネソタの厳しい冬が過ぎれば、彼はすばらしい春の息吹を謳歌し、その場所をふたたび「溌剌たる世界の中心」として捉えることができるかもしれないのだ。

アメリカの中西部

こうしてニックが戻っていく「中西部」とはどんな場所なのか。今日のアメリカ人に聞けば、その多くがそれは合衆国の四つの地域の一つだと答えるだろう。その四つとはニューイングランド、南部、中西部、そして西部（あるいは極西部）だ。しかしこうした分類は歴史とともに変化し、中西部は最初から明確なアイデンティティを確立してはいなかった。英語ではMidwestまたはMiddle Westと表現されるこの地域は、アイオワ、イリノイ、インディアナ、ウィスコンシン、オハイオ、カンザス、サウス・ダコタ、ネブラスカ、ノース・ダコタ、ミシガン、ミズーリ、ミネソタの一二州とされているが、位置的には大草原《プレーリー》の北部、オハイオ川の西、カナダとの国境の南、そしてロッキー山脈の東の地域を指し、その八割が地理的には東部に位置している。しかし、そこには西という感覚が強く存在している。

そこはもともと広大な西部の一部にすぎなかった。またそもそも一九世紀初期のニューイングランドの作家たちにとっては、広大なフロンティアの一部にすぎなかったが、やがて南部や極西部とともに荒野の象徴となり、人間に対して無慈悲であると同時に自主独立を実現できる理想的な場所であるとも考えられるようになっていった。それは『緋文字』の舞台であるニューイングランド地方とは異質のアメリカ人を形成していくうえで、もっとも重要な要素の一つであったことは言うまでもない。こうして一九世紀を通して中西部はアメリカ文学の背景の一つとしての地位を確立していくのである。例えば、『ああ開拓者たちよ！』（一九一三）などの作品で知られるウィラ・キャザーの描く中西部の人々は人間味にあふれ、ニューイングランド人とは明らかに違った独特の個性を有している。

歴史家のフレデリック・ジャクソン・ターナーも、フロンティアは一八九〇年に消滅したとしているが、このフロンティア精神こそがアメリカ人の形成に大いに貢献したと強調している。そこはアメリカ魂が生まれ、そして育まれた場所なのだ。この中西部大草原地域は西部開拓の最後の場所であり、またアメリカのハートランドとも呼ばれる。そこは中部でもなく、西部でもない。ニックがこだわる中西部とはそんな場所なのだ。

消えたハイウェイ

ギャツビーの失敗の原因は、言い換えれば、彼がいかにも高くジャンプしすぎてしまったことだった。それはわれわれ現代人の失敗でもあるが、明らかにソローの忠告に反するものであった――「贅沢や洗練された暮らしへの憧れのために、人々は無理なジャンプをしている。私たちはいつも、ジャンプしよう、ジャンプしようと鵜の目鷹の目になっていて、実直な暮らしにふさわしい芸術作品に目を向けることができない」。

『ギャツビー』のエピグラフに「金色の帽子をかぶった恋人」という表現がある。

さあ　金色の帽子をかぶるんだ　それであの娘がなびくなら
あの娘のために跳んでみろ　みごとに高く跳べるなら
きっとあの娘は叫ぶだろう　「金の帽子をかぶった恋人よ、高く跳べる恋人よ、あなたは私のもの！」

このようにギャツビーは、「金色の帽子」をかぶり、恋人のために高くジャンプして見せようとした。私のためにもっと高くジャンプしてという恋人の声に忠実に。彼は物質的に豊かになることが恋人の心を捉えることだと信じたのだ。彼はこうして自身の夢にデイジーを巻き込むことで道を誤ったのだ。

驚異への感受性

ソローの言うように、「前に進めるのは、何事もひとりで始める人」であることがわかっていれば、ギャツビーもソロー的理想を実現できたかもしれない。ギャツビーが、「自分の目の片隅に、何丁も続く歩道がほんとうに梯子になって、並木の上の人知れぬところまで通じているのをはっきりとらえた」時、迷わずに「一人で登っていれば」、その梯子は登れたのだ。

この梯子のイメージは一本のまっすぐなハイウェイにつながるものと捉えることもできるが、その梯子を登りきれば、「生命の糧を吸収し、たぐいない驚異の乳をとくとくと飲む」ことができたのだ。つまりそれは彼の夢を実現させるために用意された梯子だったのだ。ソローが森で暮らす決心をしたのも、「深く生き、暮らしの真髄を吸いつくしたいと熱望」したからであり、彼はそこにこそ「驚異」が見出せると信じていたのだ。

一九世紀のロマンチック・ヒーローが釣り糸を通して魚と交信しながら、「広大で永遠な宇宙創世の物語」にも思いをはせたのと同様に、ギャツビーには「地震計のような高度な感受性」が備わっていた。語り手のニックは最後にやっとこれと同様の心理的次元に到達する。

それはすでにギャツビーの死後のことであり、それまでは彼に付きまとういろいろな雑音的存在によって本質を見失っていたのだ。

ギャツビーを食いものにしていたもの、航跡に浮かぶ汚い塵芥《ごみ》のようにギャツビーの夢の後を追っていたものに眼を奪われて、僕は、人間の悲しみや喜びが……はかなく息絶える姿に対する関心を阻《はば》まれていたのだ。

ギャツビーにはこうした「驚異を受け入れる能力」が備わっていた。「驚異」は英語では"wonder"である。われわれが日頃なにげなく使う"wonderful"という形容詞はここから派生している。つまり、それは驚異に満ちた（"full of wonder"）状態を言っているのだ。従って、この語は本来とても大きな意味、重みを持っている。

出発点に戻る

ソローが森に入った理由を思う時、ニックのギャツビーに関する次の描写が思い浮かぶ。

彼はいろいろと過去を語った。それを聞いて僕は、彼が何かを取り戻そうとしているのだと思った。デイジーを愛するようになった何か……それを取り戻そうとしているのではないか。デイジーを愛するようになってから、彼の人生は紛糾し混乱してしまった。だが、もし彼が、いったんある出発点に戻り、ゆっくりと全体をたどりなおすことができるならば、事の次第をつきとめることができるだろう……。

もう一度「出発点」に戻る。これこそがソローの姿勢であり、そのために彼は森に入って行ったのだ。ギャツビーにはそれができなかった。しかし、友人のニックがそれを引き継ぐ。物語の最後の場面、月が昇り、夜になって、ニックははじめて時間の壁を越えて、過去のオランダの船乗りたちの精神に到達することができる。かつて新世界への入り口としてのこの島は、その船乗りたちの目に「花のごとく映った」のだった。ここは、ソローの夜の湖の場面に通ずるものがあるが、これはまわりの世界の一切を覆い隠す闇の中でこそ、自分の内面と真に対話できるということだろう。ニックも、ギャツビーに付きまとう塵のような存在に目を奪われ、真実が見えていなかったが、東部での最後の夜、やっと真実に到達することができる。

ニックにとっての東部は、ソローの言う足を取られそうな沼地であった。それでもそこを強く踏みしめることによって、最後には固い「本当の岩盤」にその足を到達させることができたのだ。しっかりと踏みしめることのできる大地でなければ、その鼓動を聞き取ることもできないし、リズムを刻んでいくこともできない。ギャッツビーが名前を変えることで生まれ変わろうと決意した頃、そうした岩盤は「妖精の翼の上」に築かれているものだと信じていた。しかし、それはあまりにも不安定な岩盤であり、非現実的な幻想の世界であった。ニックはそんなギャッツビーとは違い、大地にしっかりと横たわる岩盤にその足を到達させることができたのだった。ソローもそうすることではじめて真実が見極められるとしている。こうしてニックはもう一度出発点に帰る決心をする。ソローが森に入っていったように。中西部に帰った時、ニックは世間一般に「不動の姿勢」を取っていてほしいと望んでいるが、それはまさにソローの定点観測を思わせるものである。

ソローもギャツビーもともにアウトサイダーであった。ソローの時代、彼は社会から認められなかった。社会は自信に満ちあふれ、彼の言うことに耳を貸さなかったのだ。彼の警告はむしろ早すぎたのだ。二〇世紀初頭、ギャツビーもまわりから相手にされなかった。彼の場合は逆にその生き方が時代遅れだった。まわりはもはやそんなにロマンチィックな世の中ではなくなってしまっていたのだ。

チャールズ・ライクは『緑色革命』の中で、アメリカ人の意識をI、II、IIIの三種類に分類して説明したが、佐藤良明が『ラバーソウルの弾み方』でその図式をまとめたものから引用すると、ソローもギャツビーもともに「かつて『新世界』だったアメリカに花開いた『個の自由』の夢を生きた。……産業化がもたらした堅固な組織社会のなかで、自己を枯渇させ他人が押し当てる基準に合わせて」生きることを拒否した。「そうした干からびた『現実』をふりほどき、自然に回帰し、ナマの感覚を賞揚し、子供の無垢と驚きの目をたずさえて生きようと」したということになる。

ニックによる夜の瞑想場面のあとには、「明日はもっと早く走り、両腕をもっと先まで伸ばしてやろう。そしていつの日か、朝が来たとき……」という朝のイメージが描かれている。これは、「夜明けの希望の輝きは、一日のほんの始まりにすぎない」という『ウォールデン』の最後の一文を想わせる。さあ、ここからまた走り始めよう。その先にあるはずの夢に向かって。そんなメッセージが込められている部分だ。両作品はこうしてつながっている。

アメリカの文芸批評家であるマルカム・カウリーが『亡命者の帰還』（一九三四）に著したように、ロスト・ジェネレーションの作家たちは亡命者としていったんは国を離れたが、皆それぞれ出発点に帰還した。そしてその意思は、次のビート・ジェネレーションに受け継がれていく。ソローの心の旅をアメリカ中に展開し、実践するのだ。まさに、「オン・ザ・ロード・アゲン」だ。アメリカ人の想像力は、こうして常に果てしなく広がっていく。コンコードの片田舎でのソローの心の叫びは、今もなお変わらずアメリカ中に響き渡っている。

第四章

ハート・オブ・ゴールド

一般に、この国にきた人は到着してから偏見にあい、それから受けいれられ、吸収されるというコースをたどったが、二つの人種がこのコースをとらなかった。先住民のアメリカ・インディアン〔ネイティブ・アメリカン〕と、自分の意思できたのではない黒人だ。

ジョン・スタインベック
『アメリカとアメリカ人』より

「孤独の旅路」

七〇年代のアメリカのサウンドを形成したグループの一つにC.S.N&Yとして親しまれたクロスビー・スティルス・ナッシュ・アンド・ヤングがある。その一人、ニール・ヤングのソロ・アルバム『ハーヴェスト』(一九七二)の中に、「ハート・オブ・ゴールド」という歌がある。これは全米ヒット・チャートで一位になった曲だ。邦題は「孤独の旅路」となっているが、この〈ハート・オブ・ゴールド〉を捜し続けるという男の歌も、ここまで述べてきた一連の〈心の旅〉の一つとして捉えることができるだろう。その意味では邦題はなかなか気の利いたものになっていると思われるが、〈ハート・オブ・ゴールド〉とはそもそもどういう意味なのか。

ここで歌っていることを一言で説明すれば、それはまさに一人の男がタイトルにある〈ゴールド〉を捜し求めているのだ。ただしそれは実際の「ゴールド(金)」ではなく、心の中にあるものだ。かつてアメリカ人は実際の金を求めて、西部へと殺到したことがあった。いわゆる「ゴールド・ラッシュ」である。中でも一八四九年のカリフォルニア州のケースがよく知られている。この歌は明らかにその時代のアメリカ人を意識していると言える。なぜなら、

「私はずっと心の〈金〉を掘り続けてきた鉱夫だ」(“I've been a miner for a heart of gold.”)という歌詞があるからだ。つまり、“miner”とは「金鉱を掘る人、炭鉱夫」の意味である。ここであえてこの単語を使っているということは、かつてのアメリカ人の求めたものを示唆しているのだ。しかしここでは、求めるものが実際のゴールドから心の中のゴールドに変わっている。この違いは何を意味するのだろうか。

家庭崩壊

これは七〇年代初頭に作られた歌だ。このころのアメリカを振り返ってみると、人々はベトナム戦争で疲弊しきっていた。舞台は本国ではなく、ベトナムではあったものの、アメリカはくたくたに疲れてしまっていた。ベトナム戦争、それがアメリカに落とした影はあまりにも濃いものであった。人々が、国の繁栄や国力の誇示などよりも、もっと素朴に国内の、そして家庭の平和や安定を求めたとしても無理はなかった。

この時代、気がつけばアメリカの家庭は崩壊の過程をたどっていた。七〇年代の終わりから八〇年代初めにかけては、映画の世界においても『クレーマー・クレーマー』(*Kramer vs. Kramer* 七九)、『チャンプ』(*The Champ* 七九)、『五人のテーブル』(*Table for Five* 八三)など、離婚を中心とした家庭の問題に踏み込んだものが多く現れた。どれをとってみても、大人の都合に振り回されている寂しい子供たちの姿が目に浮かんでくる。そこにはあの「バビロンに帰る」のオノリアの姿も重なってくる。子供たちからすれば、なぜ両親が別々の暮らしをしているのかが理解できない。「あなたはチャンプ（お父さん）のことを愛してる？」そんな子供の鋭い問いかけに、大人は一瞬たじろぐ。「ねえ、どうなの？」と問いつめられても何も答えることができない。子供は言う、「じゃ、あなたはぼくのお母さんじゃない」。『チャンプ』の一場面だ。「一緒にいること」、そんな簡単なことがなぜできなくなってしまったのだろうか。大人たちの身勝手な行動の犠牲になるのは、常に汚れのない子供たちだ。国の無謀な論理に翻弄され、傷つくのは庶民たちだ。

一緒にいないと見えないことがたくさんある。わかっているつもりでも、気がつけば何も見えていなかったことに狼狽する。やはりじかに接することでしか感じ取れないことがある。問題を抱えていても、親には告げられずに無言のままの子供たちがいる。そんな子供たちの悩みを察知してやるには、やはりいつも一緒にいてやらなければならない。すぐそばでいつも見つめていてあげないとわからない。『五人のテーブル』の父親は久しぶりに子供たちと旅をする中、そんな事実に気づかされていく。読書障害《ディスレクシア》に苦しんでいる子供の姿を発見し、父親は愕然とする。その事実に対してではなく、そのことを知らなかった自分にだ。

仕事中心の生活を当然のこととして家庭を顧みなかった結果、気がつけば妻は深い心の傷を負っていた。クレーマー氏とクレーマー夫人の子供を巡っての争いが始まる。言うまでもなく犠牲者は子供だ。子供は奪い合うものではない。子供はただ両親と一緒にいたいだけだ。それなのにそのことがとても難しいことになってしまったのだ。これらの家庭の問題はそっくりそのままアメリカという国の問題としてあてはまる。なぜ、アメリカはこんな事態に陥ってしまったのだろうか。

アメリカのイノセンス

アメリカが建国以来ずっと大切にし続けてきたものは、子供たちの持つ無垢さであったはずだ。汚れを知らない純粋な子供たちの姿こそ、若い国アメリカにはもっともよく似合っていたはずだ。ヨーロッパや日本などとは違い、移民の国アメリカでは、少しでも若いうちにアメリカの地にやってきたほうが、よりアメリカ人とみなされた。つまり、人生の途中で他の国からやってきたものとは違い、アメリカの地に生まれたものこそがもっともアメリカ人であるというわけだ。そんな理由から子供たちは尊重されてきた。その子供たちがここにきてないがしろにされてしまっている。要するにそれはアメリカが本来その特徴として持ち合わせていたイノセンスを失ってしまったということになる。

ここで思い出されるのが、C.S.N & Y のヒット曲、「ティーチ・ヨア・チルドレン」だ。「君よ、旅の途上にある君よ、自分が生きていくための規範を持たなくてはいけないよ。だから、自分流に生きるんだ……」、そうして、「しっかりと子供たちに教えてあげなさい」と歌っている歌だ。ここにも、〈オン・ザ・ロード〉という歌詞が使われているが、この歌は、『小さな恋のメロディー』(*Melody*)という子供の恋愛をテーマにした映画のエンディングに採用されたものだ。一九七一年封切のこのイギリス映画は、ほのぼのとした心温まる作品だった。そこには何か子供の存在の重要性を再認識させるような要素があったからだろう。

また、七〇年代の後半は小説においてもレイモンド・カーヴァーに代表されるような「ミニマリズム」の文学が登場し、家庭を舞台とした作品が主流を占めるようになった。親子が、そして夫婦がリビング・ルームやキッチンで語り合うといった場面が多く描かれるようになった。要するにみんな疲れてしまったのだ。外にばかり目を向けすぎて、気がつけば「国内、家庭内」(ともに英語では“domestic”)はぼろぼろという状態に気づき、愕然としたのである。そんな中、人と人の心の絆を求めるようになっていったのは、当然すぎる結果であろう。

物質面よりも精神面でのつながりへの渇望、そんな心境がこの「ハート・オブ・ゴールド」という歌に表れていると言える。〈金属の金《ゴールド》〉ではなく、〈心の金《ゴールド》〉がほしい——早くしないと、僕は年をとってしまうよ。ずっと探し続けている〈心の金〉はどこにあるんだ。ハリウッドにも行ってみた。レッドウッドにも行ってみた。海を渡って探しにも行ってきたよ。要するにいろんな場所を旅してきたんだ、〈心の金〉を捜し求めてね。でもまだ見つからないようだ。だから、早くしないと……僕は生きたいんだ、〈心の金〉とともに。そして、君とともに。

掘り起こす行為

ニール・ヤングの別のソロ・アルバムに『アフター・ザ・ゴールド・ラッシュ』がある。これは一九七〇年のリリースだが、このタイトルは先に触れたことと無関係ではないだろう。アメリカ人の特権でもある「アメリカン・ドリーム」は、歴史的にみて精神的な意味での壮大な夢であるべきものが、ついつい物質的な欲望と重なって、いつしか「金」を手に入れることがその本来の目的のようになりがちであった。例を挙げればきりがないほどである。どうしても夢を形のあるものにしないと気がすまないのが人間の悲しい性《さが》だと言えばそれまでだが、それにしてもアメリカ人は執拗に物質的豊かさを追求してきた。それは今日もなお続いており、地球規模での環境問題が叫ばれる中でも、彼らの姿勢は基本的には何ら変わらないようだ。一度身についてしまった快適な生活習慣は、もう元に戻すことはできないのだろうか。それにしても、彼らはいったいどこまで突き進むのだろう。オバマ大統領の打ち出したグリーン・ニューディールがこの流れを変えることを今はただひたすら期待したい。

思えばほんとうに無機質な時代にわれわれは生きているようだ。「掘り起こす」行為をしなくなってしまっているようだ。何かを必死で追求すること、そんなことは面倒なだけで、ただ与えられたものをそのまま大して感動もないままに受け入れている。そんな時代だ。われわれはもしかしたら〈ハート・オブ・ゴールド〉を見つけられないまま、今日まできてしまっているのだろうか。

アルバム『ハーヴェスト』の中に、「ダメッジ・ダン」という歌がある。これは麻薬のことを歌ったものだと思われるが、麻薬に取り憑かれていようがいまいが、この時代の人々はみな多かれ少なかれ心に傷を負っており、ある種の絶望感から逃れることができないでいるようだ。そこから立ち直ることはできたのか。あるいはそのまま「損なわれて」しまった世界を今日まで引きずってきてしまっているのだろうか。もしそうだとしたら、今われわれにできることは何だろうか。それはギャツビーのような精神に立ち返って考えてみることだ。そうすれば始まったばかりの二一世紀をしっかりと歩き出せるかもしれない。

ただ、そのギャツビーも現実には大きなまちがいを犯してしまったことはすでに述べた。彼は高くジャンプしようとして、「心の金」と「現実の金」の区別がつかなくなってしまったのだ。つまり、「見えるもの」に「見えないもの」が圧倒されてしまった一つの例だ。そこには現代人の悲劇がなんとも皮肉な形で凝縮されていると言えるが、この悲劇は、パリをさまよう「失われた世代」の人々にも通じるものがある。彼らはこの時、一本のハイウェイを見失ってしまっていたのだ。その視線はまったく違った方向に向けられてしまっていた。しっかりと目標に向かって歩いていく気力はなく、ただ漂っていたにすぎないのだ。

方向の喪失

こうした定まらない視線を考える時、ふたたびホッパーの絵が思い出される。たとえば、『サウス・キャロライナの朝』という作品に描かれた人物だ。女は見送っているのか、それとも待っているのか。その方向性は明確ではない。どちらとも取れる描き方だ。いったい人はどちらに向かって進んでいるのか。未来、それとも過去。

もう一つ、『線路脇のホテル』という絵がある。ここにはホテルの部屋の中の初老の夫婦らしき二人が描かれている。夫は窓から外の線路を眺めているようだが、妻はソファに座って本を読んでいる。二人は同じ方向を見てはいない。ここにはコミュニケーションがない。外に出ようとする夫と内にこもる妻。お互いがすぐそばにいるにもかかわらず、つながれないまま孤独感が増幅されている。こうした構図は、ホッパーの作品には他にも多く見られる。人々はその進むべき方向を見失い、さまよいながらますます深い孤独に陥っていく。

ギャツビーは夢の方向をまちがえたことで、まっすぐに伸びていた目の前のハイウェイを見失ってしまう。そうして彼はあっけなく葬り去られる。道端に捨てられるかのように。運よく生き残ったものたちも、ただもぐり酒場《スピークイージー》で酒を飲み続けるしかほかにすることはなかった。そんな時代だからこそ、リンドバーグの達成した大西洋横断飛行があれほど騒がれることになったのだろう。彼はただ漂うのではなく、何かに向かって進んでいったのだ。空のハイウェイを、しっかりと前を見据えながら。それにしても、繁栄の中、人々はなぜこれほどまでに無気力になっていったのだろうか。

それは、あまりにも光の部分を強調しすぎたからだ。影の部分を見ようとはしなかったのだ。なぜ二つの間の融合ということを考えなかったのだろうか。もしそれができていれば、精神的にももっと負担は少なかったはずだ。さらに、価値観も絶対的なものを追求するのではなく、もう少し多様化したものを追い求めることができたかもしれない。

アメリカにはかつて「人種のるつぼ《メルティング・ポット》」という発想があった。これは、アメリカに理想を求めて集まってくる多種多様な人種が一つに溶け合って新たなアメリカ人という人種を形成しようというものであった。だが実情はそうではなかった。一緒にして混ぜ合わせる対象はすべての人種ではなかったのだ。ワスプ（WASP）に属する人々に限定はしないまでも、せいぜいが白人同士というのが現実だった。これでは融合もなにもあったものではない。カラーラインははっきりと残されたままだったのだ。なぜこれほどまでにアメリカは二つの間の線引きにこだわってきたのだろうか。黒人と白人はなぜもっと近寄ることができなかったのか。

見えるものと見えないもの

第一章で触れたラルフ・エリスンの『見えない人間』（一九五二）は、言うまでもなくアメリカにおける黒人の立場を描いた作品だ。見えてはいるけれど、見えないもの。それは意識の中にない場合のことだが、逆に意識して見ないようにしようとする場合もあるだろう。いずれにせよ、アメリカにおいて黒人はずっと見えない存在であった。白人は常に黒人をそんなふうに扱ってきた。同じ社会にいながら、見えない存在として扱われるというのはどういうものだろうか。ただ、完全に存在を意識されず、無視されているだけならまだしも、黒人はアメリカ建国のためにどれだけ過酷な労働を強いられてきたかを考えると、それはまさに白人側の都合に応じて利用されてきたとしかいいようがない。つまり、彼らは労働力としては利用され尽くしてきたわけだが、人間としては見えない存在として、差別、抑圧の対象として扱われてきたのである。

「奴隷」という言葉にはなんともいえない独特の重苦しい響きがある。それは人間の手によって売買され、買われたあとは主人の完全な私有物として、牛や馬のように労働を強いられた人々のことである。アフリカから強制的にアメリカに連れてこられた人々は、この奴隷として新大陸で生きていくことを強いられた。移民たちの多くがアメリカに夢を抱いて海を渡ってきたのに対して、黒人たちは夢や希望を絶たれてしまった人たちであった。彼らには「自由の女神」など存在しなかった。船の甲板から目の前に聳え立つその自由の象徴を指差して、アメリカの名を叫ぶことすら許されなかったのだ。あるいはその存在すら知らなかったかもしれない。彼らは祖国の大地から切り離され、別の大地へと連行され、そこでただ労働することだけを要求されたのだ。

黒人とジャズ

しかし、ここでどうしても納得できないことが一つある。それは奴隷としてアメリカの国家を支えてきた彼らの文化までもが搾取されたことである。搾取というのはいささか言いすぎかもしれないが、やはりこれ以外に表現の仕様がない。それは何かというと「ジャズ」だ。もちろんこの音楽形式は黒人によって生み出されたという事実は公に認識されていることだし、誰もそれを白人が産み出したものだとは言っていない。

ただ、アメリカが世界に誇れる文化を挙げるとすると、多くの人たちがジャズをその一つに入れるだろう。(歴史家のケン・バーンズは、映画、野球、そしてジャズを挙げている。)つまりそれはアメリカを代表する文化的遺産なのである。それならそれで何の問題もないではないか、黒人がそこに含まれているのだからという見方もあるだろう。でも果たしてそうだろうか。ジャズという文化が語られる時、黒人は日の目を見ることができる。しかし、いったんジャズの話が終わると、彼らはもうそこにはいない。ジャズを除いたアメリカには彼らの存在はなくなるのである。言い換えれば、ステージでジャズを演奏する黒人ジャズ・ミュージシャンは拍手喝采を浴びる。しかしステージを降りた彼らはただの黒人に戻ってしまうのだ。しかも根強く残っている差別の対象としての黒人に。マイルス・デイヴィスという黒人の名トランペッターがいる。その彼にまつわるこんなエピソードがある。

ある夜ニューヨークのジャズ・クラブで彼はステージに立っていた。観客は彼の奏でるトランペットの音色に酔いしれていた。休憩時間、マイルスは店の外に出ていた。そこを通りかかった白人警官は、マイルスにそこを立ち去るようにと命令した。自分はこの店で働いているのだと主張すると、彼は警棒で殴られ頭に大怪我をした。この事実をどう理解すればいいのだろう。ジャズ・ミュージシャンとしての彼はその存在を認められている。しかし、一人の人間としては市民権が与えられていないのである。これを搾取と呼ぶのはまちがいだろうか。

マイルスにまつわるもう一つの話がある。それは先に紹介したラングストン・ヒューズの「哀れな黒人の少年」ともつながる。マイルスはその名声を勝ち得てからパリで公演することもしばしばあった。パリは彼を賞賛し、無条件に受け入れた。そんなパリにマイルスはとても居心地のよさを感じた。いくら有名なジャズ・ミュージシャンでもアメリカではやはり黒人なのだ。それがパリでは違っていた。そこにカラーラインはなかったのだ。それはミネソタの学生たちが異教徒の家で週末を満喫したことにも似ているかもしれない。そんなふうにマイルスはパリを愛した。

パリの寛容さ

パリの町がなぜこのように外国人に対して寛大であったかについては、ガートルード・スタインの『フランスのパリ』(一九四〇)に適切な説明を見出すことができる。スタインはアメリカの詩人であり小説家だが、人生の大半をパリで過ごし、ヘミングウェイをはじめ多くのアメリカ作家や、ピカソらの画家とも親交の深かったモダニズムの立役者の一人である。彼女はまた「失われた世代」という呼び名の生みの親でもある。スタインによると、フランス人にとって、ほんとうの外国人とはパリとフランスに住む人々だけであり、その点が他国と事情が違っているという。つまり、フランス人以外は、外国人はそれぞれの母国にいる時が本来の姿であると考えるが、フランス人は、外国人はフランスにいる時こそ本物の存在となるのだと説明している。だから彼らはフランスにやってくるのであり、それはごく自然なことだと説明している。パリを中心に、フランス人がどのように外国人を受け入れていたかが手に取るようにわかる。

自国では発揮できない才能がパリでは花開くことができたのはそういう理由からだった。

二〇世紀の芸術を生み出そうとしていた人々にとって、パリは最高の場所となりえたのだ。偏見や先入観に囚われることなく、一人ひとりの人間をその本来の姿のまま受け入れる土壌を有していたのだ。移民、すなわち外国人で形成されてきたアメリカにこそ、こうした土壌は育まれるべきであった。それにもかかわらず、現実はパリとは正反対で、その存在を見過ごされてしまう人々が実在したのだ。

見えない人々

『見えない人間』はこんなふうに始まる。

僕は見えない人間だ。といっても、エドガー・アラン・ポーにつきまとった亡霊のたぐいではないし、ハリウッド映画に出てくる心霊体なんてものでもない。僕はちゃんと実体を備えた人間なのだ。肉もあれば、骨もあり、繊維もあれば、液体もある——心だって持っていると言えないこともなかろう。僕の姿が見えないのは、ひとが見ようとしないからだけのことなのだから、そこのところを理解しておいてもらいたい。サーカスのアトラクションに、時に胴体のない人間の頭だけを見せることがあるが、あれと同じで、僕は歪んで映る手に負えない鏡に八方からとりまかれているみたいなのだ。ひとは、僕に近づいてきても、僕の周囲の物象や、自分たち自身を、でなければ、自分たちのえがいている想像の断片を、眼にするだけだ——要するに、僕以外のあらゆるものを眼にするだけなのだ。

この冒頭の部分を読んだだけで、この長編の主人公の置かれた立場が想像できるのではないだろうか。彼は言うまでもなくアメリカの黒人だ。彼はごく普通の一人の人間である。それにもかかわらずまわりの人たちには見えない存在となっている。それは、ただ単に人が彼を見ようとしないだけなのだ。ではなぜ周囲の人間は彼を見ようとしないのか。

僕の姿が眼に映らないのは僕の肉体の表皮に生化学的な異変が生じているせいでもない。僕と接触した相手の人間の眼の特殊な性質のせいなのだ。相手の人間の内的な眼の、つまり、彼らがそれぞれの肉体的な眼を通じて現実を眺める眼の、構造のせいなのだ。

それは、彼らの「内的な眼の構造」に問題があるというのだ。つまり心の問題である。彼らが勝手に見える対象を歪めて見ているだけのことなのだ。

ブラック・アンド・ブルー

こんな社会で生きていかなければならない主人公は、白人のみが住むことを許されているビルの地下室に暮らしている。そこは四方がすっかり塞がれていて、前世紀からその存在が忘れられている場所である。彼はその地下室に一台の蓄音機を持っている。いずれはそれを五台に増やしたいと考えている。全身で音楽の振動を感じたいからだ。そうして彼が聞きたいのは、ルイ・アームストロングの“What Did I Do to Be so Black and Blue?”という曲だ。「私はいったい何をしたがために、こうも暗く憂鬱な気分にならなければならないのか？」というものだが、“black and blue”は心理的な状況を表現しているだけでなく、黒人の皮膚の色をも表している。ここで歌っている内容はざっと次のような感じだ。

固いベッドに一人きり
死んだほうがましさ
何でこんなに暗くて憂鬱な気分に

ならなきゃならないんだい？
鼠にまで馬鹿にされるなんて
いったい僕が何をしたというんだい？
心の中は真っ白できれいなのに
それだけじゃどうしようもないんだな
外見は隠せないもの
どうすればいいんだ？
僕は一人っきり
悪いのはただ僕の肌
どうしてこんな思いをしなきゃいけないんだい？
あまりにも暗くて憂鬱だよ

主人公はルイ・アームストロングが好きな理由を、「たぶん彼が不可視性を詩に高めてくれているからだと思う」と説明している。男はこの歌を聴くことにより、自分がほんとうに見えない存在なのだということを体で感じ取ることができるのである。この歌詞だと見えないのは心の中、つまりその人間の中身のことだ。表面が「黒い」だけで、ほんとうの「白さ」はわかってもらえない。誰も見てはくれない。

彼らがいったい何をしたというのか。どんな罪を犯したというのだろうか。暗く憂鬱になる理由などどこにもない。それどころか、彼らはこれまで偉業ともいうべき行為を成し遂げてきたのだ。そのことは、同じエリスンの作品である"*Keep to the Rhythm*"に読み取ることができる。これは一九六九年に"*Juneteenth*"として発表されたものだが、このタイトルは、テキサス州の奴隷解放記念日、六月一九日を意味するものである。つまり、"June＋(nine) teenth"からきている。

ノーバディー

「われわれはどこから来たのか？」これこそがアメリカの黒人たちの根源的な疑問かもしれない。それを解明しないかぎり彼らは生き続けることはできないだろうし、それはまた白人にとっても真剣に考えなければならない問題である。この疑問に対する一般的な答えはこうだ――「われわれはアフリカからやってきた。しかも鉄の鎖につながれて」。そして、人間としてではなく、「顔のない」大きな動物のように扱われ、労苦を強いられた。「人格」も

「名前」も与えられず、ただの「ノーバディー（nobody）」としてしか見てもらえなかった。何の「選択権」もなかった。何かをするかしないかの選択、あるいは存在するかしないかの選択さえできなかったのだ。さらに、もっとひどいことに、白人たちは「まるで農夫がジャガイモを切り刻む時のように、黒人たちを切り刻んではばらばらにし、国中のあちこちに散りばめたのだ」。まるで「種」をまくように。

白人たちは黒人の「舌」をも切り落としてしまった。そうして彼らは言葉を失った。彼らの言語を奪い取られたのだ。そしてその次には、「太鼓《ドラム》」を奪い取られた。彼らのリズムを刻む道具である。そしてその次は「踊り《ダンス》」を取り上げられてしまった。異教徒のダンスとして禁止されてしまったのだ。こうして彼らは太鼓も踊りもなくしてしまった。白人たちはすべて燃やしてしまったのだ。そしてその灰をばらまいた。結局は、目を失い、舌を失い、太鼓を失い、そして踊りを失った。すべては灰と化してしまったのだ。残酷なことはさらに続いた。彼らには角笛《ホルン》もなく、そして歌もなかった。数え上げればきりがない。

見る目を失い、話したり味わったりするための舌を失い、士気を高め、記憶を目覚めさせるための太鼓を失い、日々生きていくために必要なリズムを呼び起こすダンスも失い、神を称え、祈りを捧げるための歌まで失ったのだ。彼らはこうして暗闇の中で生きることを余儀なくされた。こうした状況のなかで、黒い巨人たちは小さく切り刻まれ、その遺産をも奪われてしまった。彼らのアフリカの記憶はアメリカの地で粉々にされ、風に吹かれて忘却の彼方へと消え去っていったのだった。こうして彼らは何もかも失ったかに見えた。アフリカから携えてきたものは、すべてアメリカの大地に飲み込まれてしまったかに見えた。

新たな大地のリズム

しかしそうではなかった。彼らにはまだ希望があった。彼らのすべてを飲み込んだアメリカの大地は、アフリカの大地とまったく異質のものではなかったのだ。新たな大地に蒔かれた種子は、そこで息絶えることなくうまく土に馴染み、脈々とその命の鼓動を保ち続けた。彼らはアメリカの大地の奥深くで、ふたたびその息を吹き返し始めたのだ。「新たな大地で新たな歌」を手に入れたのだ。この地で彼らは生まれ変わり、新たな言語と歌を得た。差別、抑圧は相変わらず続いてはいるものの、彼らは新たな「リズム」を手に入れた。生きていくためのリズムを。何があろうとも、彼らは一つになって同じ歌を歌い、そして同じ踊りを踊った。そうして苦難を乗り越えたのだ。白人たちは時に黒人たちの行動を嘲笑した。彼らの神の称え方を見て笑った。

黒人たちはこう叫ぶ。「笑いたければ笑うがいい。ただ白人たちにわれわれを否定する権利はない。罵り、そして殺すがいい。ただ完全にわれわれを消してしまうことなどできないぞ。われわれはこの大地から生まれた。だからこの土地はわれわれのものなんだ。われわれはこの地で血を流し、われわれの涙が大地を潤し、われわれの屍がその肥やしとなったのだ。いかに嘲笑されようとも、われわれは自分たちが誰であるかを知っているし、今どこに位置しているかをもしっかりと認識している」。

黒人たちはこう確信する。「われわれは歩いたり、話したり、歌ったりすることで自分たちがどこにいるのかがわかる。また踊り方で自分の位置がわかるんだ。自分たちのリズムを刻むことでどこにいるのかがわかる。それは体の中から湧き出てくる鼓動《ビート》だ。われわれはこの土地で生きる力を得たと信じている。白人たちにいかに罵られようとも、われわれには確固たる信念がある。生への信念がある。白人たちのように葛藤や苦悩に満ちた人生はわれわれには無縁だ。われわれはただリズムに合わせて、まっすぐに進んでいくだけだ。そうすればいつかきっとやってくる。時間が大きくスイングして、われわれの生き方が理解される時が。白人たちに生きる指針を与えられる時が。そんな日がきっと来る、そうわれわれは信じる」。こうしてブルースが生まれ、ジャズへと発展していった。

このように、彼らはアメリカの大地に種として蒔かれ、そしてアメリカの大地でアメリカ人として育ったのだ。アフリカに起源を持つことは事実だが、彼らはれっきとしたアメリカ生まれのアメリカ人なのだ。彼らはアメリカの大地のリズムで生きているのだ。心臓の鼓動が着実に脈打つように、彼らも迷うことなく確実に前進しながら生きているのだ。「リズムに合わせて」生きているのだ。ごくごくシンプルに、そして着実に。

ブルースの力

もう一人、これと同様の「リズム」を描いている作家がラングストン・ヒューズだ。彼もエリスンと同様、ジャズに憧憬が深いが、先に紹介した彼の短編集『白人たちの流儀』には、白人社会における黒人の立場を描いた作品が一四編収められている。その中に三編、ジャズやブルースがテーマとなっているものがある。ここではその中の一つ、「私が奏でるブルース」("The Blues I'm Playing")を取り上げてみたい。

主人公の黒人少女オセオラは、ある白人の裕福な女性の経済的援助を得てピアニストを目指していた。オセオラは音楽の勉強のため、パリにまで留学をさせてもらう。そんなふうに彼女は恵まれた環境でピアノのレッスンを受けることができた。その白人女性も、才能を発揮してくれるオセオラに、パトロンとしての喜びを感じていた。しかし、オセオラはヨーロッパ音楽を勉強するうちに、それがほんとうに自分のやりたい音楽ではないことに気づき始める。そして、最終的に彼女が行き着いたのはブルースであった。それが彼女にとっての真の音楽であった。物語の最後で、オセオラはパトロンの白人にクラシック音楽を演奏するように求められるが、彼女がそこで弾いたのは、部屋中の空気を振動させ、どっしりとした花瓶をも震わせる力強いブルースであった。これはまさしく、エリスンのいう「アメリカのリズム」につながるものである。

彼女はしっかりと自分のリズムで生きている。白人のリズムに惑わされることなく、自分たちの生き方を貫いているのだ。アメリカの大地で培われたリズムをしっかりと刻みながら、アメリカで生きているのだ。彼ら黒人たちの心臓の鼓動は大地の鼓動に呼応している。それこそがジャズで言うスイングすることの基本ではなかっただろうか。スイングすること、それは心臓の鼓動であり、それは一歩一歩確実に生きていくことであったに違いない。アメリカの大地とともに。

コットン・クラブ

一九八四年に封切られたリチャード・ギア主演の映画に『コットン・クラブ』(The Cotton Club)がある。これは一九二四年にニューヨークのハーレムに作られたジャズ・クラブの名前である。アメリカの二〇年代は黒人の文化が大きく花開いた「ハーレム・ルネサンス」の時代でもあった。それは白人文化中心のジャズ・エイジの陰に隠れて、あまり目立たない部分でもあった。しかし、それはまったく別のものではなく、二つは表裏一体の関係にあったのだ。つまり、ハーレム・ルネサンスがなければジャズ・エイジも存在しなかったということだ。これもまた、見えないものが見えるものを支えている好例の一つだ。

コットン・クラブはまさにそのハーレムにオープンした。しかしそれはちょっと様子が違う店であった。客は白人に限定されていたのだ。当時はジャズ・エイジという名称で呼ばれたことからもわかるように、背景にはジャズが流れている時代であった。しかしこの音楽ジャンルはまだまだ市民権を確立してはおらず、低俗な音楽の部類に入れられていた。要するに黒人たちの愛好する音楽と見なされていたのだ。だから当然のことながら、白人たちにとっては、意識的には差別の対象であったわけだ。ただ、頭では排除しようとしても、体はそのリズムに反応してしまう。耳はしっかりとその音楽を捉えるのであった。そうしてじかに彼らの音楽を聴きたくなってきたのだった。そんな白人たちのためにこのクラブは作られた。

しかし問題は白人側のプライドである。自分たちが作り上げている境界線、カララインをそう簡単に越えるわけにはいかないのだ。堂々と黒人たちの場所に乗りこんでいって音楽を楽しむなんてことはできない。つまり一緒になってジャズを聴くことなどありえなかったのだ。そんな場所にうっかり出かけて行こうものなら、それこそ「黴菌」に毒されてしまうかもしれない。そんな危険を回避するために考えられたのがこのクラブだ。

自分たちの好奇心は抑えられない。でも手は汚したくないというわけだ。白人専用だから、黒人たちは当然客としては入ることはできない。ただ、ステージの上でのみ彼らは大いに活躍したのだった。

ステージの上の黒人と客席の白人。すぐ目と鼻の先ではあるが、この二つの世界は別々のものであり、決して融合することはない。こうして自らが垣根を作り上げ、すぐ近くまでは行くけれどもそれを越えることはしなかった。それまでの垣根を取り払うには絶好の機会であったはずなのに、それをみすみす逃してしまったことになる。

ステップ・アウト

こうした白人の行為を、ルイス・A・エレンバーグは「ステップ・アウト」と呼んだ。つまり、自分たちの領域からちょっと足を延ばして異文化の世界に触れてみる行為だ。そうして好奇心が満たされればまたもとの場所に戻っていく。まさにギャッツビーの邸宅で催されるパーティーそのものだ。

『ギャッツビー』には、イースト・エッグとウェスト・エッグの二つの象徴的な半島が登場しているが、イースト・エッグにはワスプを含むアメリカの主流《メインストリーム》をなす人々である「旧移民」が住み、ウェスト・エッグには先にアメリカで地位を築き上げた人たちになんとか追いつこうと必死でもがいている「新移民」が住んでいる設定になっている。彼らはギャッツビーのパーティーでも自然と二つの世界を形成し、それぞれが群れを成す。前者はそのプライドを保ち、後者とは一線を画そうとする。

この二つの世界はまさにアメリカ社会の縮図そのものだが、この中間にはガソリン・スタンドがさりげなく描かれている。そこは二つの世界の分岐点になっており、東部社会でのギャッツビーの立場を考えるとき、それは象徴的な意味を帯びてくる。それは車が普及し始めたこの時代、多くのドライバーが目にしたありふれた光景であったに違いない。しかし、エドワード・ホッパーはこうしたアメリカ的風景を決して見逃さなかった。この光と影に敏感な画家は、『ギャツビー』を意識しながら描いたかのような作品を残している。『ガソリン・スタンド』がそれだ。たとえ偶然であるにせよ、それはあまりにも見事にこの小説の世界を視覚化している。

語り手のニックの家はウェスト・エッグの突端に位置し、その隣がギャツビー邸である。イースト・エッグにあるデイジーとその夫トムの家を訪れたあと、ニックは月夜の中、「光の洪水の中に据え付けられた真新しい赤いガソリン・ポンプ」を目にしながら自宅へと向かう。これが小説に描かれた光景だ。

一方、ホッパーの描いた風景はこうだ。絵の中央に赤いガソリン・ポンプが三台。その右側に位置する白い建物は「光の洪水」の中で輝いている。しかし、それとは対照的にその奥には暗い森が潜んでいる。その森へと通じる道は右へと大きくカーブし、その先は真っ暗闇だ。この絵の奥の陰の向こうにウェスト・エッグがあるとすると、この絵は小説の二つの世界の分岐点そのものだ。ホッパーがこの絵を描いたのは『ギャツビー』の出版から一五年後であるから、ホッパーがこの小説を読んでいて、そこからインスピレーションを得た可能性

『ガソリン・スタンド』*Gas,* 1940

も否定できないが、いずれにせよ、偶然以上のものがここには読み取れる。

この絵では、光のあてられた旧移民の世界と、華やかなようでいて実は光とは無縁の新移民の世界というコントラストが明確に読み取れるが、ニックはまさに二つの世界のあいだを揺れながら融合の方向に歩んでいった人物だ。彼は最終的に誰よりもギャッツビーを理解するが、最初は全く違っていた。中西部をあとにしたニックにとって、東部への道はまっすぐに延びていたはずが、その道は途中でウェスト・エッグとイースト・エッグの二つに分かれ、彼はその中間地点で迷うこととなったのだ。

ニックは最初、この絵でいうと、光のあたっている側に所属していると思っていた。しかし、実際に住むことになった場所はウェスト・エッグである。気持ちの上ではイースト・エッグに住むトムやデイジーたちの仲間だと思ってはいるが、実際彼は隣のギャッツビーの存在が気になって仕方がない。その意味ではニックも最初は「ステップ・アウト」していたことになる。

このようにニックも二つの間を揺れながら、最後はギャッツビーの側に到達していったわけだが、「コットン・クラブ」に見られる「ステップ・アウト」の行為の中でも、アメリカの大地の鼓動を伝えるかのようなリズムは確実に白人たちの体の中にも浸透していったことは事実だった。この時代、ジャズは白人社会においてはダンスのための音楽としてしか受け入れられてはいなかったが、無意識のうちにそれは広がっていったのだ。その意味では彼らはどこかで融合し始めていたのかもしれない。ただそれがまだはっきりと目に見える形にまではなっていなかったというだけだ。

鳥の視界

卵型をした東西二つの小さな半島はロング・アイランドあたりに設定された架空の場所であるが、地形的には空を飛ぶ鳥さえも見まちがえるほど似かよっていると描写されている。ソローは『ウォールデン』でその鳥に関してこんなことを述べている。

今いるこの場所が世界のすべてではないとは、なんと素晴らしい勧めだろう。ニューイングランドにとどまる限り、堂々たるトチノキは見ようにも見られない。……ガンは私たちに比べ、はるかに広い世界を股にかけて生きる生粋の国際人だ。……それに引き換え私たちは、農場の古い木柵に代えて石垣でも新調しようものなら、もうこれで安泰、わが運命は定まったと、暮らしをひとつに定め、頭まで固くする。……世界は限りなく広く、私たちの視界をはるかに超えている。

鳥のように移動すること。それは定点観測によりソローが身につけた広い視野だ。彼はここで「好奇心」の大切さを訴えている。どちらが先にこの地にやってきたかという基準で人を区別しようなどという発想自体がそもそもまちがっているのだ。

どちらがよりアメリカ人であるかは、言うまでもなく、アメリカの大地のリズムを先に聞き取ったほうに違いない。旧世界からの基準を引きずっている人々はアメリカ人にはなりきれてはいない。その点、ギャツビーは、アメリカの大地の鼓動を繊細な地震計のように感じ取り、アメリカの地で宇宙と一体化しようとした。一人海峡に向かって高く手を差し出すギャツビーの姿は、一人トランペットを吹き鳴らすジャズマンを思わせる。その音色は大地を震わせ、遠く夜空の向こうの宇宙にまで届くかのようだ。

名前とルーツ

未知の世界への憧れ、イノセンス、驚異への感受性、アメリカの大地のリズム――これらはすべてギャツビーのものであった。彼こそが正統的なアメリカの夢を実現するための資質を継承していた。それにもかかわらず、彼は旧移民の仲間入りをしたかった。なぜ彼はそれほどまでにこのことにこだわったのだろうか。

ギャツビーの本名は実はジェイムズ・ギャッツだった。しかし、このドイツ系の名前のままでは、二つの世界の間の見えない境界線を越えることは困難であった。彼はそのことをすでに知っていたのだ。だから彼はジェイ・ギャツビーというアングロ・サクソン的な響きの名前を用意し、その名に変える時が来るのをじっと待った。それはただこの段階では彼の漠然とした理想的観念から生まれ出たものだった。

そんな時、彼は一隻の豪華なヨットがスペリオル湖に停泊しようとしているのを目撃する。その瞬間、それまでのつかみどころのない夢想が一つの形となった。つまり、夢が物に具現化したのだ。一七歳だった。こうして彼は新たな人生を歩み始める。しかし、この時、彼にはこの境界線のほんとうの意味がまだわかっていなかった。これを越えるにはただ金持ちになるだけでは足りないことなど、一七歳の少年には想像もつかなかったのだ。名前の持つ意味は実はさらに大きいものであったのだ。デイジーを夢の具体的な対象として追い求めるようになった結果、ギャツビーという名前は一七歳のころよりもはるかに重要な意味を持つことがわかった。それは旧移民側に属するための必要条件だったのだ。富を手にした彼は出自や経歴を偽り、向こう側の世界に属しているデイジーに近づこうとした。しかし、彼の目の前の現実は名前を変えれば解決できるような生易しいものではなかったのだ。その嘘はやがて見破られてしまった。

名前を変えなければ夢が実現できないことがある。それがアメリカの実態であり、これは今日においても時に見られる現象である。移民の国アメリカでは、基本的にその名前から何系であるかがわかる。ただアフリカからの黒人たちは例外だ。奴隷として連れてこられた彼らは主人の名前をもらう形になったのだ。白人系の名前が多くついているのはそのせいだ。七〇年代の後半、アレックス・ヘイリーの『ルーツ』(一九七六)が話題になった。この作品がテレビで放映された時は、アメリカの町から人影が消えたと言われるほど多くの人々がこの物語に熱中した。この中で主人公が、クンタ・キンテというアフリカの自分の先祖の名前に到達するシーンは今も鮮明に蘇る。まさに彼のルーツにたどり着いたのだ。人間にとって名前とはそれほど大きな意味を持つものだということを思い知らされた瞬間であった。中国系にしろ、日系にしろ、彼らは本来の苗字をそのまま受け継いでいる。したがって、名前で何系かがすぐに判断できる。それがアメリカだ。

西部の物語

『ギャツビー』の最終章で、語り手ニックはすべてを振り返ってこう言っている。

いまにして思えば、この話は、けっきょく、西部の物語であった。トムもギャツビーも、デイジーもジョーダンも、それから僕も、みんな西部人である。そして、僕たちはたぶん、僕たちを東部の生活になんとなく適合できなくさせる、何か共通の欠陥を持っていたのだろうと思う。

ここでニックが言いたいことは、東部において形成されている二つの世界のなかで、どれだけ自分が支配者側に所属していると主張したところで、所詮はみな移民としてアメリカに夢を抱いて渡ってきた人々なのだということだ。イースト・エッグだ、ウェスト・エッグだなどと、狭い世界で境界を設けている場合ではない。われわれはこんなところで立ち止まっていてはいけない。もっと広い世界に目を向けなくてはいけないのだ。そんなニックの心中が読み取れる。当初は二つの世界の中間で揺れていたニックも、最後には双方のあいだにはもともとなんの違いもなかったのだという結論に至ったのだ。

自分の居場所

ニックはこうして自分の立つべき場所を明確にすることができたが、ソローもそのことの重要性を説いている。彼はたとえば「春の息吹」に音楽性を見出した。こうした自然が奏でる音楽こそが大地のリズムに通じるものだ。そしてそれはまた自分自身の内なる声に耳を傾けていなければ、聞き取ることのできない種類の音楽でもある。自分を知ること、それこそがすべての原点なのだ。

人生の最高に高貴な獲物は自分自身であって、人生の目的はまさしくその獲物を撃つことだと、確信を持って言い切れる。……私たちにとってのアフリカとは、はたまた西部とはなんだろうか？　私たちの内なる地図も、未踏の白地ではないだろうか？

ソローはここで、われわれは「自分の居場所」を知っているのかと問う。自分自身を探求せよと説く――「さあ、あなたも今すぐに、はるかなる本当の西部を目指して旅に出なさい。

……ついには地球が沈んでも、まだ進み続けるのだ」。ソローにとって、自分自身を探求することと、それが西部を目指すことであった。ソローの叫びをしっかりと聞き取ったチルドレンたちは、こうして西部を目指す旅に出たのだ。

第五章

アメリカのリズム

彼女に会ってさよならみたいなのを言って……そのあとでヒッチハイクで西部に向かうんだ。……すごく感じよくて、太陽がさんさんと照っていて、僕のことを知っている人間なんて誰ひとりいない場所に行って、そこで仕事を見つけるんだ。

J・D・サリンジャー
『キャッチャー・イン・ザ・ライ』より

アメリカを駆け抜けた男たち

その広い世界に夢と自由を求めて、全米を駆け抜けた男たちがいる。それはこれまでに何度か言及した『オン・ザ・ロード』の主人公たちだ。この語り手のサル・パラダイスとその親友ディーン・モリアーティは、ニック・キャラウェイとジェイ・ギャツビーの関係を思い起こさせる。この小説が世に出たのは一九五七年で、日本では久しく『路上』として親しまれてきたものだ。しかし、その訳語には動きが感じ取れないとして、青山南の新訳では『オン・ザ・ロード』に生まれ変わった。そしてそこには原作の持つ素晴らしい躍動感、リズム感があふれている。決して短い小説ではないが、わくわくしながら一気に読みとおせる内容だ。ただアメリカを移動しているだけの話なのだが、不思議と途中で止めることができない。それはおそらく彼らが常に移動しているからではないだろうか。

こんな一節がある――「大陸ぜんたいが、やつにもぼくにも、開けられるのを待っている真珠貝のようにとつぜん見えてきた。真珠はそこにあるのだ、真珠はそこにあるのだ」。アメリカ大陸全体がなんと真珠貝に見えてきたというのだ。そしてそれは開けられるのを待っている。「ゴールド」ではなく、「真珠」がそこにあるという。なんとも夢にあふれた表現だ。

彼らはたくさんの真珠を求めて全米を移動する。ひとつの真珠に固執することはない。決して一か所に立ち止まることはないのだ。

車でひとびとのもとを離れると、みんながどんどん平地の上を後退していき、しまいには点のようになって飛んでいってしまう、あの気分はなんなのだろう?——大きすぎるくらいの世界がぼくらに跳びかかってくる、あれが別れなのか。しかし、ぼくらは、いくつもの空の下、つぎなるクレージーな冒険に向かって前のめりで進む。

ウィリー・ネルソンやボブ・ディランの「オン・ザ・ロード・アゲン」を思い出させる一節だ。彼らには空はいくつも存在する。特に具体的な目的もなく移動し続けることは、定住を選ぶ人々からすれば「クレージー」な行動に見えるだろう。それでも彼らはただひたすら新たな可能性に向けて走り続ける。

ギャツビーを超えて

サルはあるメキシコ女といい関係になる。しかし、未練を抱きながらも彼はそこに留まることを選ばない。次の空のもとを目指して移動する。それはギャッツビーにできなかったことだ。彼はデイジーの空のもとで立ち止まり、先に進むことをやめてしまった。しかし、サルたちは立ち止まらずにさらに進み続ける。まるでそれが自分たちに与えられた使命であるかのように彼らは移動し続ける。

車を出すと、やつのひょろ長い体は闇のなかにぐんぐん後退していき、それを見ているのは悲しかった、ニューヨークやニューオーリンズでもみんなそうだったのだが。だれもが不安そうに巨大な空の下に立っていて、まわりのものに呑みこまれていく。どこへ行く？　なにしに？　なんのために？——眠れ。しかし、このバカな一行は前のめりで進んでいった。

別れは切ない。しかし彼らは進み続ける、「前のめり」になりながら。まるで何かのリズムが彼らの体を動かし続けているかのようだ。そのリズムは眠ることを許さないのだ。それはもしかしたら、あの大地のリズムかもしれない。アメリカの大地が持つジャズ的なリズム。その大地の鼓動が彼らを駆り立てているに違いない。それ以外には考えられない。そう言えば、この小説には多くのジャズが流れている。たとえばこんなふうに――「その金でぼくらはバップの店のバードランドに行った。レスター・ヤングがステージに出ていて、あのでっかい瞼に永遠が見えた」。

ジャズ的リズム

彼らはジャズ・ミュージシャンの瞼の中に「永遠」を見ている。そこでは果てることのない夢が脈々とそのリズムを刻み続けているのだ。アメリカの大地から沸き出るリズムが彼らに永遠を約束するのだ。失ってもまた見つける。決してあきらめはしない。

なにかはまだ出てくるものだ。いつだってもっと先が、少し遠くがある――終わりはない。シアリングの探求の後をうけて、連中は新しいフレーズを探した。懸命に挑んだ。悶えてねじれて吹きまくった。ときどきクリアでハーモニックな叫びから新しい音色のひらめきがのぞき、それはいつか世界でただひとつの音色となって人間の魂を歓びにみちびくものになりそうだった。連中は見つけてはまた失った。格闘しては求めてまた見つけた。

こんなふうにこの小説には全編にわたり、その背景にジャズ的なものが流れている。この若者たちの移動には常にジャズのリズムが欠かせないのだ。

アメリカの大地が持つジャズ的なリズムへの憧れは、例えば次のようなところにも感じ取れる。

ライラックの香りがする夜、……デンヴァーの黒人地区であるウェルトン通りの二十七丁目あたりの明かりのなかを歩いていると、黒人だったらいいのになあ、という気持ちになってきて、白人の世界がくれるものは、どんなにベストなものでもエクスタシーが得られない、元気になれない、楽しくない、わくわくできない、闇がない、音楽がない、夜が足りない、と思えた。……デンヴァーのメキシコ人だったらいいのに、せめて貧しい働きづめの日本人でもいい、と思い、いまのこんなに淋しい自分でさえなければ、夢もなにもない「白人」でさえなければなんでもいい、という気がしてきた。いままでの人生、ぼくがずっと抱えてきたのは白人としての野心だった。……でも、ぼくは結局ぼくなのだ。サル・パラダイス。この菫《すみれ》のような闇のなかを、耐えられないくらい甘い夜のなかを淋しくふらふらさまよいながら、ハッピーでほんとうの心を持ったエクスタシーを知っているアメリカの黒人たちと世界を交換したいと願っている男。

ここでサルが置かれた状況は、まさにエリスンの『見えない人間』の地下に住む黒人と同じである。ただ大きな違いは黒人と白人の立場が入れ替わっていることだ。白人であるサルは、ここで黒人への憧れを表明している。同時に白人としてのそれまでの生き方に対して疑問を投げかけてもいる。「白人としての野心」とはいったい何だろう。それは安定したエスタブリッシュメントの世界に定住することだろうか。自分たちは他の人種とは違うのだという自尊心だけで、ただ退屈な日々を過ごすことだろうか。

そこにはエクスタシーがないとサルは言う。要するに音楽がないのだ。ジャズのリズムがないのだ。日本人のように貧しくてもいい、メキシコ人だっていい。今サルが心から求めているのは、生きているというわくわくする実感なのだ。白人社会にはそれがないと彼は言う。だから彼らはそこにないものを求めて旅を続けているのだ。

インディオ礼賛

ここに人種差別は全く存在しない。それどころか非白人への憧れさえ存在している。インディオを礼賛するこんな個所がある。

かれらは……人類の源であり、人類の父だ。波のように漂っていくのは中国人だが、大地はインディオのものだ。砂漠の岩のようにずしりと重く、「歴史」の砂漠のなかにいる。ぼくら、見かけ倒しで尊大な金袋を抱えたアメリカ人たちは面白半分にやってくるが、かれらはぜんぶ承知している、だれが父親で、だれが地上の古代の命を受けつぐ息子なのか。コメントしないだけだ。「歴史」の世界に破壊が訪れて、フェラヒーンの黙示録が、かつて何度もあったように、ふたたび訪れても、それをかれらはいまと変わらない眼差しでメキシコの洞窟から、バリの洞窟から見つめるだろう。そこがすべての始まりの場所、アダムが乳をもらい知識を授かった場所だ。

ここで彼らはすべての先入観を捨て去り、自分の目でありのままの世界を感じ取っている。他の連中がなんと言おうと、今自分たちの目の前にいるインディオに対して敬意の念を抱いている。アメリカの大地を駆け抜け、今やメキシコに足を踏み入れた二人はインディオと大地との関係を強調している。それはアメリカ人の多くが大地との連帯感を失っていると言いたいかのようだ。土地を所有し、そこに垣根をめぐらし、定住することだけが大地とつながることではない。ギャツビーのような高度な感受性を持って、そこから伝わる鼓動を聴きとらなければならないのだ。

天国への道

二人は何もかもしっかりと受け止めながら移動し続ける。そうして神の姿をその目でとらえる。神は二人に語りかける——「ここをどんどん進め、おまえは天国へ向かう道にいる」と。ギャツビーも彼らと同様、「神の子」として「天翔ける」はずだった。同じ失敗を避けるためには、ひたすらその先を信じて走るしかない。こうして彼らは神から使命を与えられる。しかも、使命とはいえ、彼らには多くの選択肢がある。自分の道は自分で決めさせてくれる——「聖人の道《ロード》か、狂人の道《ロード》か、虹の道《ロード》か、グッピーの道《ロード》か、どんな道《ロード》でもあるぞ。どんなことをしていようがだれにでもどこへでも行ける道《ロード》はある。さあ、どこでどうする?」

しかし、サルやディーンはほんとうに天国に到達することができたのだろうか。純粋な気持ちで移動し続ける彼らの姿勢を見ているかぎり、行く手にいかなる問題が立ちはだかろうとも克服できそうな気がしてくる。ただ、ひとつ気にかかることがある。それはすでに触れたメキシコでのインディオとの出会いの場面である。

［インディオたちは］みんな、手をいっぱいに伸ばしてきた。山奥や高地からやってきたかれらは手を伸ばして、文明が与えてくれると思えるものをつかまえようとし、文明に悲しさや惨めに裏切られたウソがあるとは夢にも考えていなかった。橋や道路をたちまち破壊してすべてを混乱に陥れ、いまのかれらと同様にぼくらを貧しくし、いまのかれらとまったくおなじように手を伸ばすようなことにさせる、そんな爆弾ができていることも知らずにいたのだ。

ここでサルが憂いているのは、つまりアメリカの文明のことである。そこには「悲しさ」や「惨めに裏切られたウソ」が満ちているという。そのことを知らずに、アメリカ文明を少しでも手に入れようと手を伸ばしてくるインディオたちを見ていて憂鬱になっている場面だ。さらに、恐るべき破壊力を持つ爆弾（原子爆弾のことだろう）を作り出してしまった文明に絶望的にさえなっている。文明はわれわれには何も与えず、ただ破壊するだけだと嘆いている。自分たちの文明で、自分たちの作り上げたものを破壊し、今度はボロボロになったわれわれがインディたちに向かって手を伸ばす。なんとも悲惨な光景だ。こんな文明をすでに築きあげているアメリカに彼らは今生きている。そして、その後もこの国は勢いを増しながらその文明を発展させていった。それは天国への道だったのだろうか。それとも逆に地獄への道だったのだろうか。その答えをひとつの歌に探ってみたい。

ホテル・カリフォルニア

七〇年代に一世を風靡したグループ、イーグルスの代表的なヒット曲に「ホテル・カリフォルニア」がある。これは一九七六年にリリースされたものだが、この歌にはサルやディーンを憂鬱にさせたアメリカ文明のひとつの到達点が見られる。この中にこんな歌詞がある——「ここは天国なのか、それとも地獄なのか?」これは歌の最初の部分で、主人公がホテル・カリフォルニアにチェックインするところでつぶやいた問いかけである。

言うまでもなく、サルとディーンの二人は、行く手には天国が待っていると信じたかった。神もそれを約束してくれているかのようだった。しかし、同時に抱えていた不安がこの歌に象徴されている。そこは一見天国のような場所だ。まさに現代文明の作りあげた贅沢品にあふれ、これほど快適なところはないかに見える。しかしそれは文明の名のもとに、知らず知らずのうちにわれわれ自身の首を絞めるものともなっていたのだ。やはりここにいてはいけない、ここから抜け出そう。頭ではそう思うことはできても、もう体はついてはこない。どっぷりとその文明に浸かってしまっているのだ。「チェックアウトはいつでもできるけれど、もうここからは抜け出せない」。なんと恐ろしいフレーズだろう。「ロード」の行く末はこんな場所だったのだろうか。いや、決してそんなはずではなかった。しかし、現実に七〇年代の半ばに人々はこうした場所で立ち止まり、先に進めなくなってしまったのだ。こんな状況のなか、ウィリー・ネルソンが「オン・ザ・ロード・アゲン」と叫び始め、彼は今もその旅を続けている。

このホテルの女主人は数々の贅沢品に囲まれている。メルセデス・ベンツ、ティファニーの宝石、氷で冷やされたドン・ペリニヨンのロゼを思わせるようなピンクのシャンパン。きらきらと輝く鏡張りの天井、彼女を取り巻く若い男たち……しかし、女主人の心はティファニーのペンダントか何かのデザインのように曲がり、ベンツ（Benz）はベンツでも曲がったベンツ（bends）というふうに、皮肉たっぷりに描かれている。

文明の虜

このホテルに滞在する人々と同様に、われわれはみな自分たちが作った文明品の虜になってしまっている。贅沢品の囚人《プリズナー》となったわれわれはもうそこからは出られないのだ。これらはかつてみんなの憧れであったが、今ではむしろわれわれの多くが見慣れてしまっているものでもある。つまり、これはハリウッドを中心とした天国のようなカリフォルニアだけを歌っているのではなく、現代の資本主義社会のすべてにあてはまるものだ。

こうした状況を考える時、あの『ギャツビー』にも似たような光景が描かれていることを思い出す。それはギャツビーの車であり、彼の催すパーティーだ。そして特に次の場面だ。

険悪な空が蔽い、光を失った月がかかっている下に、ありきたりのようでありながら同時に異様でもある家が幾百もうずくまっている。前景には、四人の夜会服を着たしかつめらしい男たちが、担架を持って歩道を歩いていて、担架の上には、白いイヴニング・ドレスを着た女が、泥酔して身を横たえている。そして担架の横からだらりとたれたその手には、宝石がいくつも冷たい光を放っている。しずしずと男たちは、ある家の中にはいって行く——的外れな家の中に。しかし、だれ一人その女の名前も知らぬし、だれ一人、意に介しもしない。

これは、ギャツビーの死後、ニックにとって今や歪んでしか見えない東部の光景を、エル・グレコの「トレド風景」の絵にたとえている場面だ。実際、ニックが思い描く光景は、特に前景に関してはグレコの絵とは違っている。つまり、それはニックの心象風景ということになるのだが、雰囲気的に「ホテル・カリフォルニア」の場面に酷似している。それは、人々がすでに二〇年代において「囚人」となりつつあったということだろうか。

それでも、ニックがそこからしっかりと抜け出すことができたのは称賛に値する。彼はきちんとチェックアウトして、東部をあとにする (leave) のである。彼はプリズナーのまま人生を終えることを拒んだのだ。ギャツビーは旅路の途中で、不本意にもある場所から抜け出せなくなってしまった。それはデイジーを手に入れるという「聖杯を求める旅路」だ。彼は当初そこに留まるはずではなかった。しかし、デイジーの放つ豪華で豊かな雰囲気の囚人になってしまった。その結果、彼は旅を続けることが叶わなくなってしまったわけだが、ニックがその遺志を受け継いだ。だからこそニックはギャツビーの旅を引き継ぐことができたのだ。

そして、このころのアメリカにはまだ「ホテル・カリフォルニア」のように「文明化」されてはいない場所が残っていたことも重要な要素だ。

二〇年代のアメリカにはまだまだ移動できる空間が残されていた。しかし、高度に資本主義が進んだ七〇年代後半には、人々はもうこれ以上移動する気になれなくなってしまった。物理的な空間がなくなってしまったわけではない。ただ、精神的な空間の広がりを失ってしまったのだ。リンドバーグのように空を飛ぶことで抜け出すことを誰も考えつかなくなってしまったのだ。

では、人々は具体的に何を失ったのか。それは、ひとつの「スピリット」だ。それは、リンドバーグの乗った飛行機名、「スピリット・オブ・セント・ルイス」のスピリットである。一九六九年以来、もうそのスピリットは残っていないのだ——「僕がワインを注文すると、それは一九六九年以降もうここにはないと言われた」とイーグルスは歌う。僕が飲みたかった酒《スピリット》とはどんなものだったのだろう。その年、一九六九年には何があったのだろうか。

ウッドストック

この年の最大の出来事は、なんといってもウッドストックだ。第一章でも少し触れたが、それは六〇年代の「カウンター・カルチャー（対抗文化）」を締めくくるような音楽的祭典であった。このコンサートは「ウッドストック・ミュージック・アンド・アート・フェスティヴァル」と呼ばれ、一九六九年八月一五日から一七日までの週末の三日間にわたり、ニューヨーク州サリバン郡ベセルの個人農場で開かれた大規模なものであった。主催者側は当初数万人の入場者を予想していたらしいが、いざふたを開けてみるとなんと四十万人以上もの若者がこの野外会場に押し寄せたのである。これは驚異的な数字だ。一九六九年という時代や開催場所を考えるとなおさらである。

もちろんこの場所で演奏したミュージシャンもそうだが、なぜこれほど多くの人々がひとつの場所に結集できたのかというと、そこに共通のスピリットが存在したからに違いない。自由や平和を求める若者たちの心がひとつになり、よりよい社会が実現できると信じる強い意志がそこにはあったからだ。おそらくこれがそうした精神を結集できた最後の時代だった。「愛と自由」。われわれはもはやこれらの言葉を大声で叫べない。

なぜ六〇年代はこれほど激しく揺れ動いたのか。そこには言うまでもなくベトナム戦争が大きく影を落としている。それは長きにわたる戦いで、多くの犠牲者を出したにもかかわらず、アメリカにとっては敗北という形で結末を迎えた空しい戦争だった。人々は疲れ果て、国家自体も自信を喪失していった。それはまだ若いアメリカという大国にとって、歴史上最初の挫折であった。さらにこの戦争は世界をも巻き込んだ。反戦の大きなうねりはアメリカ国内に留まらなかった。

たとえばこんな事件があった。一九六九年三月三〇日、ベトナム戦争やその他に抗議して、一人の女子学生がパリで焼身自殺をした。彼女の名はフランシーヌ。この悲劇は歌となって日本に伝えられた。新谷のり子の歌った「フランシーヌの場合」がそれである。淡々と歌われるメロディーだが、どこか重苦しい。先に触れた映画『イージー・ライダー』もこの年の封切である。こんな年にアメリカが人類初の月面着陸を果したことが今でも信じられない。

いちご白書

この時代を語る時、どうしても触れなければならない映画がある。それは『いちご白書』(*The Strawberry Statement* 一九七〇)だ。原作はジェームズ・クーネンの同名ノンフィクションで、一九六六年から六八年にかけてのニューヨーク、コロンビア大学での学園紛争を描いたものだ。中でも特に六八年四月の学部長室占拠事件が大きく取り上げられているが、映画でもこの場面がクライマックスとなっている。人種差別への抵抗、反戦などまさにカウンター・カルチャーの六〇年代を象徴する映画だが、これを見ていてつくづく思うのは、六〇年代という時代は自由の国アメリカにおいても、反体制側は体制側にことごとく抑圧されていたのだということだ。もちろんそれは現在も同じなのだろうが、当時は少なくともあからさまな形で両者の間の攻防戦が展開されていた。みんなが何かを訴え、より良い大学、そして社会を作ろうと真剣だった。映画の最後の場面で主人公が機動隊に向かってジャンプする場面には胸を打たれるが、あれはまさに「愛の跳躍」であり「自由への跳躍」だ。体制側の抑圧には決して屈しないという強い意志の表れだ。

そのような自由を剥奪されてしまいそうな状況であったからこそ、人々はバリケードをはねのけて突き進むヒーローを欲したのかもしれない。コワルスキーをはじめとする一連のカーチェイス映画は、そういった人々の抑圧された気持をはねのけるものでもあった。それは「自由への疾走」だ。

このように見ていくと、『いちご白書』の最後の跳躍場面、そして『バニシング・ポイント』の最後の疾走場面はあまりにもぴったりと重なってくる。七〇年代初め、そこにはまだ六〇年代の残像があった。それにしても、このヒッピーに代表されるカウンター・カルチャーの時代、社会の抑圧にもかかわらず、ウッドストックが実現できたことは奇跡としか言いようがない。

『いちご白書』は日本では松任谷由実の作詞作曲による「いちご白書をもう一度」が大ヒットしたことにより、より深く人々の記憶に刻まれているが、この歌は反体制側から就職という活動によって体制側に仕方なく移行していく切なさのようなものが伝わってくる内容になっている。この時代、アメリカでも日本でも、みんなが何かに向かって疾走していた。

疾走する天使

全米を疾走するディーンとの旅をいったん終えたサルは、独り東海岸からはるか西海岸へと思いを馳せる。

アメリカで陽が沈むとき、古い壊れた川の桟橋に腰をおろしてニュージャージーの上の広い、広い空をながめていると、できたての陸地がぐんぐん信じられないほど大きく膨らんで西海岸まで広がり、その大きくなったところにあらゆる道《ロード》が走り、あらゆるひとが夢を見ているのをぼくは感じるようになった。

今は旅を終えたかのような雰囲気を感じさせるこの一節も、実はサルの次なる旅への熱い思いがにじみ出ているのではないだろうか。彼はこの東部に安住することは決してないだろう。彼の心は常にロードに向かっている。だからディーンのことを思わずにはいられないのだ。体の動きは止まっていても、その心は常に旅を続けている。心は今も全米を駆け巡っているのだ――「そんなとき、ぼくはディーン・モリアーティのことを考える……ディーン・モリアーティのことを考える」。

このディーン・モリアーティとはいったい何者なのだろうか。それは走ることを宿命づけられた天使か、それとも神の子か。ギャツビーの遺志を受け継いだニックは、明日はもっと速く走る決意をする。サルがディーンを思うように、ニックもギャツビーを思う。夜空の西の向こうに潜む何か、それをサルとニックの二人はしっかりと感じ取っている。中西部からさらなる西部へ、それこそがアメリカの夢の続きが潜むところなのだ。だからこそ、ディーンとギャツビーはすべてのアメリカ人の心の中にいつまでも生き続ける。人々の心の中でいつまでも二人は走り続ける。それがアメリカ人の宿命なのだ。

走る宿命

ブルース・スプリングスティーンの歌に「明日なき暴走」("Born to Run")というのがある。これは一九七五年のリリースで、彼はこの歌によってロック歌手としての地位を確立し、その後の「ボーン・イン・ザ・U.S.A.」(一九八四)の大ヒットなどでも知られている国民的歌手である。

さて、この"Born to Run"だが、一言でいえば極度の閉塞感の中、なんとかそこから抜け出そうとする若者の姿を描いた歌だと言える。タイトルの意味するところは、「生まれながらにして走ることを宿命づけられている」ということになるが、これはアメリカのスモールタウンの状況を描いた歌だ。そこは安全で安定こそしているが、変化を求めることはできない。単調な日々と夢を持てない生活が続くだけだ。もちろんそうした安定を求める白人たちが好んでこうした町に住むわけだが、夢や希望を抱き、さらに向上したいと願う若者にとっては決して理想的な場所ではない。そこはアメリカの夢へと続く道からそれてしまった人々の住む場所であり、そこでうだつの上がらない生活を強いられる「渡り職人、放浪者」(tramp)的な存在にとっては「捕虜収容所」のような町なのだ。そこにいるかぎり未来はない。だから走る。そこから抜け出すために、ハイウェイを駆け抜けるのだ。

こうした歌が多くのアメリカ人の支持を得たということは、閉塞的な生活を強いられている人々が多く存在する証とも言えるだろう。アメリカのほとんどがこうした小さな町で形成されているわけだが、その特徴は様々だ。インテリの町、富裕階級の町、人種の混交を嫌う人たちの町などなど。スプリングスティーンの場合は、労働者階級の貧しい町の出身だ。そこにいても一生同じことの繰り返し、夢なんて何もない。そんな閉塞的環境から抜け出そうとしている。それを歌にしたものだ。

スモールタウンの平凡な日々

スモールタウンには善良な市民が多いが、多くの場合、視野は狭く、そのぶん逆に世界の広さを羨ましいと思う傾向がある。僕は約四半世紀ぶりに以前住んだことのあるミネソタのスモールタウンを訪れる機会を得た。二〇〇七年の秋から一年間、ミネソタ大学に招聘されてふたたびミネソタの地に住むことになったのだ。かつての友人に誘われて、独立記念日のパレードを見に行った。一〇年ほど前に竜巻にやられたせいか、町はかなり様子が違って見えたが、人々は以前と何ら変わってはいなかった。人種構成も、少なくとも僕が見たかぎりでは見事に白人がほぼ一〇〇パーセントを占めていた。帰り道に立ち寄ったファミリー・レストランでは、あのなめるような視線を久々に体験した。決してアジア人である僕の存在を鬱陶しく思っているのではないことはわかるが、正直に言って、お茶を飲んでいても落ち着かない。こちらから挨拶をすると、同じく「ハーイ」と返ってくる。そして一瞬目をそらすが、また彼らの視線は戻ってくる。あれは一緒だった白人の友人に言わせると偏見ではなく興味だという。広い世界への憧れでもあるのだそうだ。それは、言い換えれば、安定と安心を求めるがゆえに抜け出す勇気を持てない人々なのかもしれない。その時、スプリングスティーンの歌とどこか重なったことを覚えている。

労働者階級にだってアメリカの夢はあったはずだ。でもそれが自分たちの町では死に絶えてしまっている。あるのはあまりにも平凡な日常生活。ただ働いてビールを飲んで寝るだけ。でも走ることによってそれは打開できるかもしれない。小さな町でくすぶってなんかいられない。ハイウェイに夢を見出そう。スプリングスティーンはそう歌っている。

スプリングスティーンの別の歌に「涙のサンダーロード」("Thunder Road")というのがある。ここにも基本的には「明日なき暴走」と同じような閉塞感が漂っているが、そこから抜け出す手段として二車線の道路に夢を託している。その道を車で駆け抜ける。その先に待っている「約束の地」（"promised land"）を求めて。それが「サンダーロード」だ。「おれは勝つんだ、こんな負け犬の町から抜け出して」、とスプリングスティーンは歌う。どうしようもない孤独、そして焦燥感の中、夢をつかむ最後のチャンスに向けて夜を疾走する。彼は歌う、「より良き明日」（"Better Days"）を求めて。

このようにスプリングスティーンのいくつかの歌を見ても、「ロード」は常に重要な役割を果たしている。その先に何か確実なものが待っているという保証はない。しかし、ここよりもいいものがきっとあるに違いないと信じて疾走する。希望へと続く道《ロード》、それがハイウェイだ。

アメリカ的リズム

全米を駆け抜けることで、サルとディーンが体で感じ取ったアメリカの大地の持つ特有のリズムとは、ソローが『ウォールデン』においてすでに力説していたことであった。アメリカはヨーロッパとは違う新しい土地なのだ。だからそこに旧大陸の古い習慣を持ち込んでも何の意味もない。われわれは新しい大陸で新しい文化を築き上げなければならない。この土地の持つリズムに合わせながら。それが彼の主張だった。

ソローはこう言う、「他人はともかく、まずは自分に最善を尽くし、あるがままの自分を生きようではないか」と。そして、「私たちはそれぞれに、内なる音楽に耳を傾け、それがどんな音楽であろうと、どれほどかすかであろうと、そのリズムとともに進もう」。ここでいう「内なる音楽」こそ、黒人たちがアメリカの大地に見出した「リズム」に共通するものではないだろうか。彼らこそ白人たちよりも先にこのアメリカのリズムを感じ取っていたのだ。その意味で、彼らは真のアメリカ人と呼べる人々なのだ。

それに比べ、白人たちの多くは、ことあるごとに旧世界の祖国の文化、伝統を持ち出してきた。つまり、二つの世界の間を行ったり来たりしていたのだ。その意味では、彼らはほんとうの意味でのアメリカ人にはなりきれていなかった。そういえばミネソタのあのカレッジにおいても、星条旗の隣にはいつもスウェーデンの国旗がなびいていた。黒人たちだって、もちろん祖国を忘れたわけではない。ただ彼らは誰よりも早くアメリカの大地のリズムを吸収したのだ。

白人たちも最初はアメリカの大地に根づき、そのリズムを感じ取り始めていたに違いない。しかし、どこかでその進むべき方向を見失ってしまった。その分岐点となったのは、やはり目に見えるものに見えないものの価値が凌駕されてしまった時ではないだろうか。つまり、アメリカの夢が富を手にすることだと誤解されるようになった時である。そこで道をまちがえなければ、彼らももっと早くに確実にアメリカのリズムを刻むことができたはずだ。その意味でジャズは大きな貢献をしたと言えるだろう。白人たちは黒人たちからそのリズムの根源を教わり、自分たちもそのリズムを刻み始めたからだ。そうして黒人たちと、精神的にも文化的にも「スイング」できるようになったのだ。もちろんまだまだその道は険しいと言わなければならないが。

境界線を越える

ミネソタでのエピソードでも触れたように、白人たちはどうしても自分たちと外の世界との間に境界線を引かずにいられなかった。自分たちも外からやってきた人間であることをなぜ忘れてしまったのだろうか。そのことをしっかりと認識していれば、二つの世界を形成することなく、もっと理想的なアメリカを築くことができたはずなのに。ソローはまたこんなことを言っている。

人は夢に向かって大胆に歩みを進め、心に描いた理想を目指して忠実に生きようとするなら、普通の暮らしでは望めない、思いがけない高みに登ることができる。かつての生き方の不要な部分をすっかり捨て去り、見えない心の境界を越えることができる。そして新たに、どこでも通じる広く自由な法則が、環境と心の中に打ち立てられる。（傍点筆者）

この「境界線」を越えることができた者こそが、ほんとうのアメリカ人になれたのだ。そのために必要なのは、ソローの言う簡素な暮らしだ。しかし、アメリカ人の多くは物質主義、拝金主義に走ってしまい、その道を誤ってしまった。そのことがもっとも顕著に表れたのがあのジャズ・エイジであった。

現代人の退屈

まわりに物があふれるようになると、人々は退廃的な生活を送るようになっていった。そんな文明社会に生きるわれわれも、「未開の辺境の暮らしを経験すれば、本当に必要な物は何かを自分で知ることができる」とソローは言う。さらに、「もっと素晴らしいことに、本当に必要な物を自分で手に入れる方法も習得できる」。このことができなかった結果、われわれは「退屈」ということを学んでしまったのではないだろうか。「私たちの世界には、新たな知識が続々と流れ込んでいる。にもかかわらず、信じられぬほどの退屈を耐え忍んで生きねばならないとは、どうしたことなのだろう」。

まさにこれは現代社会に対する痛烈な風刺だ。もしかして人は動くことを忘れてしまったのだろうか。物質的な豊かさが人の動きを止め、人は人としての本来のリズムを失ってしまったのだろうか。もしそうだとしたら、われわれはそれを取り戻す手立てを考えなければならない。『オン・ザ・ロード』に学ぶべきことは多い。

自分のリズム

自分の心臓の鼓動を聞き取ろうとしても、あふれかえるほどの周囲の雑音に邪魔をされてしまう。そこでわれわれは旅に出なければならない、自分のリズムを取り戻すために。「私たちはみな、日ごとにさらに遠く、冒険の旅に出て、危機に直面し、新たな発見をし、新しい経験と人格を身につけて、家路につくのだ」。古い生き方を捨て、この自由の大地で新たな冒険を、そして発見を求めよ、とソローは力説する。アメリカはそれだけの空間を有している。十分すぎるほどの空間の広がりを持っている国だ。地下にもぐって酒におぼれている場合ではないではないか。どうしてみんなリンドバーグに続こうとしないのか。ハイウェイは目の前に何本も延びているではないか！「ヤンキーは、境界なき大自然の中のハンター」になれるのだ。

そのためには人はまず自分の意思で行動し、自分のリズムを見出さなければならない。アメリカ文学の多くのヒーローたちのように、集団から距離を置き、一人で自由に行動するのだ。そして境界を越えた世界へと旅立つのだ。独自の法に従って。サルやディーンのように。

影のない世界へ

画家であるジョージア・オキーフも同様に西部を目指した人であった。彼女は自分のほんとうの居場所を求めて移動したのだった。彼女の初期の作品に『ピンクと青の音楽』というのがある。それは花でもあり、風景でもあり、そして女体でもあるような絵だ。そこからまさに音楽が聞こえてきそうな、そんな絵である。この絵は、ニューヨークのホイットニー美術館に展示されているが、そこで貸し出されるオーディオの解説によれば、この絵はプラグマチズム（実利主義）からの開放を描いたものだという。このアブストラクト（抽象）の世界は、合理主義から自己を開放するものでもあるようだ。まさにジャズ・エイジの始まりのころの

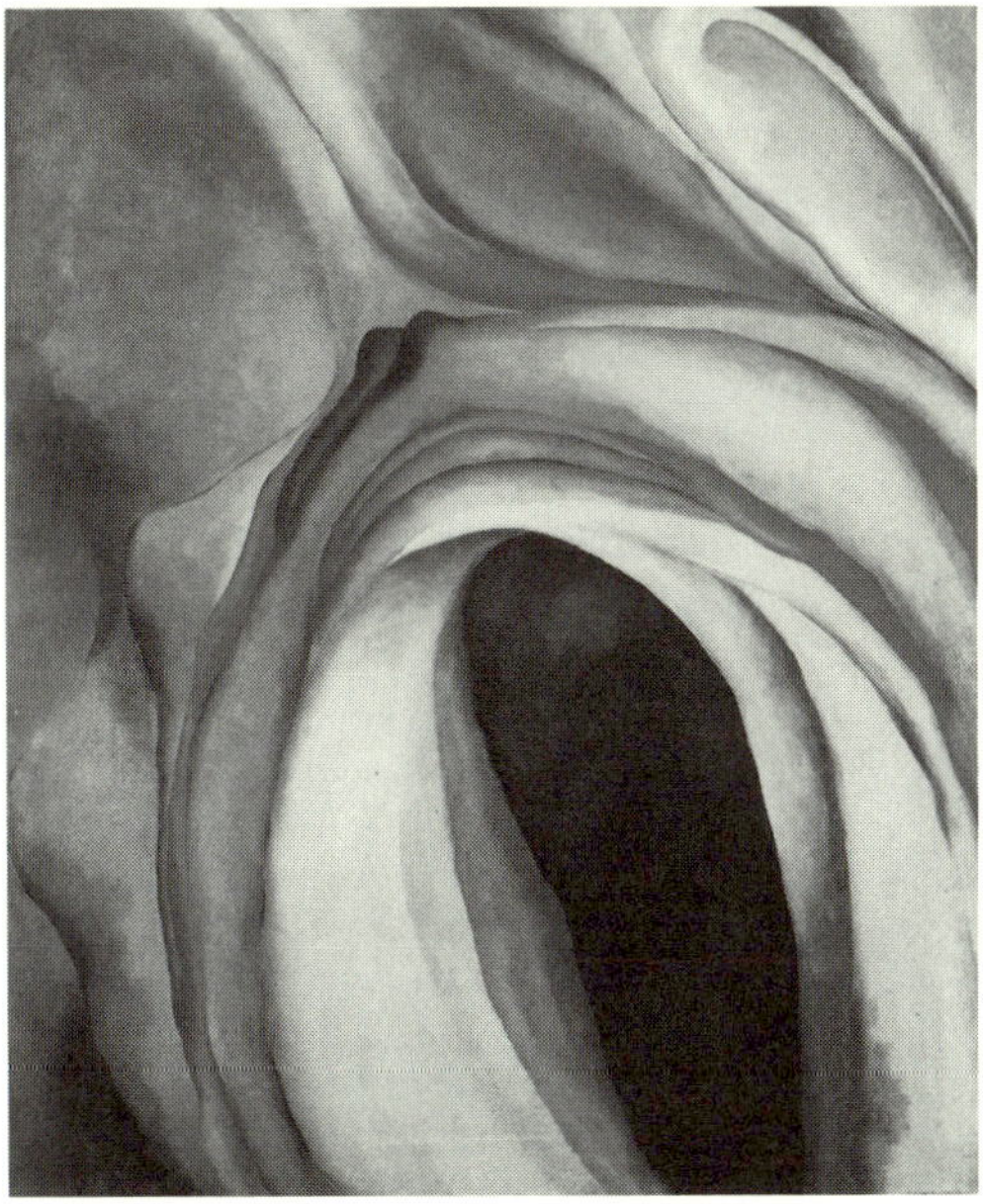

『ピンクと青の音楽』*Music in Pink and Blue,* 1919, Georgia O'Keeffe

絵だが、オキーフにとって自己を開放するのにもっとも適した場所がアメリカの南西部だった。彼女は結局、光と影を作り出してしまうような時代の風潮が嫌でたまらなかったのではないだろうか。ニューヨークという場所ではやはりそのコントラストがあまりにも鮮明に見えすぎたのだろう。その意味で、この絵には流れるようなリズムがあり、そこでは光も影もなく、すべてがしなやかに調和している。それはまさに音楽性あふれる絵だ。

オキーフがニューヨークを去った理由をホッパーが描いた一枚の絵に見出すことができる。これもホイットニー美術館に展示されているものだが、それは『日曜日の早朝』という絵で、ニューヨークはグリニッジ・ヴィレッジが舞台である。そこに描かれているのはどこにでもありそうなありふれた通りだ。

しかし、よく見ると背後に摩天楼がわずかに顔を出している。同じオーディオ装置から聞こえてくる解説で知らされた事実だ。それはさりげなく描かれている。しかし、これが実は小さな通りを脅かす脅威と化すのだ。店は営業しているようには見えない。活気がない。ただ妙に「光」が強調されている。そして背後に迫る「影」のような摩天楼。ここにある光と影のコントラストは何を意味するのか。この光の強調は、背後の影を隠そうとするかのようだ。しかしそれは逆に影をより鮮明に浮かび上がらせる皮肉な結果となっている。オキーフ

『日曜日の早朝』*Early Sunday Morning*, 1930

もニューヨークの街で、こうした摩天楼の脅威、憂鬱といったものを感じ取ったに違いない。だからこそ彼女はこの地をあとにしたのだった。

しかし、オキーフは大都市ニューヨークに魅了されていたことも事実だ。『都会の夜』はその典型だ。まさに空に向かって垂直に突きささっていくような高層ビルの群れは見る者を圧倒する。そこには賞賛の気持ちさえ感じ取れる。画家にとって、この街は最高の刺激となった。しかし、それは同時に嫌悪感をも内包する複雑な感情であった。そこには孤独が同時に存在した。田舎では感じられない閉塞感が充満していた。

こうした状況の中、オキーフにひとつの大きな転機が訪れた。一九二九年、彼女がはじめてニューメキシコ州のタオスで夏を過ごした時のことだ。そこで彼女は自分がそれまで東部では感じたことのないものを感じ取っていた。この時彼女はほんとうの自分の場所を見出したのである。その後、彼女にとってのニューヨークは、写真家である夫のスティーグリッツが固執する場所にすぎなくなった。ニューメキシコこそが彼女に開放感を与え、画家としてのインスピレーションを提供してくれる場所となったのだ。

その後、彼女は毎夏この地を訪れるようになるが、一九四六年、夫の死を契機にオキーフはニューメキシコに移住し、生涯をその地で過ごすこととなった。

『都会の夜』*City Night*, 1926, Georgia O'Keeffe

光を取り込む

千住博は『ニューヨーク美術案内』のなかで、ポップ・アートと光の関係を取り上げて、現代芸術家が目指した最大の目標は「光を取りこむ」ことだったと言っている。彼らは先人たちの作り上げたものを引き継ぎながら、さらに何か新たなものを創造していこうとしているのだから、そこにはしっかりと歴史、伝統が受け継がれ、そして刻まれているわけだ。言い換えれば、これまでのアメリカの社会を見据えつつ、さらに今はどういう状況にあるのか、あるいはあるべきなのかを模索しているのが彼らの芸術なのだ。その中の一人であるロイ・リキテンスタインの作品に『ボールを持つ少女』(一九六一)がある。ここでの「光」の扱い方は、本書の冒頭からこだわり続けてきたアメリカにおける光と影の問題に大いに関係している。千住は、この絵についてこう説明している。

リキテンスタインがこの絵で表現したかったのは「光」ではないでしょうか。ボールを持つ少女の像に影はありません。また彼の描く他の絵でも、コミックの主人公、広告ポスターの人物はすべて平面的です。ということは、立体感は初めから求めていないので、リアルにするために影をつけたりする必要はないのです。

たしかにこの絵には影がない。そこには光のみを強調したいという意思が働いていたのだ。この姿勢の背後には何があるのだろうか。千住は、光は「神のイメージ」に他ならないから、リキテンスタインは「神としての光を画面に現したかった」のではないかとしている。「影の情報を入れずに神なる光が溢れる」世界。それはまさに理想的な世界である。彼はそういうアメリカを夢見ていたのだろうか。

千住はMoMA（ニューヨーク近代美術館）の入り口にあるオベリスクを「モダニズムの終焉」の象徴だとし、それを入り口に置くことで、「自分たちにとって重要なのは今日から先の自由な未来だという意志を示したい」のではないかと推測している。まさにそのとおりなのだろう。だから、そこにはアメリカが常に光の背後に隠そうとしても隠し切れなかった過去の影があってはならないのだ。その影が消えてはじめて人々はみな自由を獲得することができるのだ。そんなふうに考えると、リキテンスタインの平面的で影のない世界にはアメリカの持つ暗い過去をすべて消し去ろうとする意思が見えてくる。そこにはアメリカの明るい未来を必死で求める姿勢が読み取れるのだ。だが、はたしてそれは正しい方法なのだろうか。

心の闇

ここで、ラルフ・エリスンの『見えない人間』のことをもう一度考えてみたい。ただここでは小説ではなくて写真の話だ。千住は『美術案内』で、ジェフ・ウォールの『ラルフ・エリスン著「見えない人間」より、序章』（二〇〇一）という作品を紹介している。そこには、「饒舌《じょうぜつ》に演出されたセットのような画面のなかに黒人の青年がじっと座り込んでいる」姿がある。

> 天井から吊るされた膨大な数の電球が「見えない人間」を照らそうとしているように見える。この圧倒的な量の光は、文字通り「光」なのだろうか。しかしなんでこんな部屋にいるのだ？　こんなに煌々《こうこう》とした光をもってしても照らせない心の闇、社会の闇という存在のことなのだろうか？　金で買えるものによっては人は救えない、ということなのだろうか……。光は神、という古典的な宗教画に対する皮肉なのだろうか、またはその範疇なのだろうか……。

どんな強烈な光をもってしてても照らし出すことのできない闇が存在している社会への痛烈な風刺がここにはある。それはいうまでもなくアメリカ社会のことだ。千住の言うとおり、心の闇はどこまでも深く暗いものだ。まさに「ブラックでブルー」なのだ。エリスンの小説の主人公の男がその地下室で何度も聞いているあの歌だ。彼がどれだけ多くの電球で照らしてもその闇は消えない。そこには神は不在なのだ。

最後にもう一人、ロバート・ライマンの絵を見てみたい。それは、白一色で表現された世界である。この画家が使う絵の具は白一色のみだ。千住はその白い画面に大きな可能性を見出しているが、これもまさに影のないアメリカ社会を切望する心境の表れと取れる。言うまでもなく、それは白人の白を意味しているものではないはずだ。

このように、現代アートにおける光、そして影の扱い方には実に興味深いものがある。それは、映画『緋文字』のエンディングの場面を髣髴とさせるものでもある。だが、影は消してしまえばいいというものではないはずだ。光があれば必ず影はできる。だからその存在を認めた上でいかに光と影を融合させるかが大切だ。それはむしろ共存というべきかもしれないが、両者がそれぞれの個性を強烈に発揮しすぎることなく、互いを引き立てあうような関係がもっとも望ましい。

いかなる社会であれ、すべてが均一化されることはあり得ないし、そうなる必要もない。ただ、より大きな力を持つものが、弱いものを片隅に追いやってしまうような社会にしてしまってはいけない。完全に二極化してしまうことはなんとしてでも避けなければならない。残念ながら今のアメリカはまだ理想的な状況とは言えないばかりか、世界の他の国々をも同じ方向に導こうとしてきた。こうした社会は一見清潔感あふれるこぎれいな世界に見えるかもしれない。しかし、実際は孤独で実体がなく、エネルギーに満ちあふれた躍動感はない。二〇〇九年一月、第四四代大統領オバマはその就任演説で、「われわれは一つだ」と訴えた。それは裏返せば、アメリカはまだそのことが実現できていないということでもある。

第六章

ベトナム戦争とアメリカの疲弊

　これまで旅してきた道のりの、いったいどこで道をまちがえてしまったのだろう。何がいけなかったのだろうか、考えずにはいられないんだ。

　でも、明日はまた仕事に出かけなきゃいけないから、今は少し休息をとりたいんだ。ただちょっと休みたいだけなんだ。

ポール・サイモン
「アメリカの歌」より

「キャシー、僕は迷ってしまったんだ」と僕は言った。彼女が眠っていることはわかっていたけれど。「なぜだかわからないけど、むなしくて心が痛むんだ」。

ニュージャージー・ターンパイクを走る車の数を数えながら思った、みんなアメリカを探しに来たんだって。アメリカを探しにね、アメリカを探しに。

ポール・サイモン

「アメリカ」より

ベトナム戦争の後遺症

ベトナム戦争における敗北は、アメリカという自信に満ちあふれた超大国に、大きな打撃を与えた出来事であった。そしてそれに追い討ちをかけるかのように起こった政治スキャンダル、「ウォーターゲート事件」は疲弊したアメリカ人にさらに大きな衝撃を与えた。国民がもっとも信頼を寄せているはずの大統領が絡んだ事件であったからだ。こうして六〇年代から七〇年代の前半までに、アメリカ人は一気に自信を喪失したかに見えた。事実彼らはアメリカ建国以来、最大の挫折感を味わっていたに違いない。二〇年代の終わりに経済的な挫折を味わい、七〇年代初頭に政治的、外交的な敗北を喫し、さらに元首たる大統領の辞任という大スキャンダルに見舞われたのである。

先にホーソーンの『緋文字』に触れた際、牧師がいかに町の人々の信頼を集めているかについて述べたが、それと同様にアメリカの大統領もすべてにおいて潔癖でなければならなかった。わが国日本などとは違い、それがアメリカのよい面でもあり、逆に善か悪かの二つにしか区分できない欠点でもあった。まさに光か影かの世界だ。そこで当然のことのようにリチャード・ニクソンは大統領を辞任した。その時たまたまアメリカに滞在していた僕は、この出来事を今でも鮮明に覚えている。

カリフォルニア州のとある小さな町の通りに置かれた自販機で買い求めた新聞には、十メートル先からでもその見出しが読めるくらい大きな文字で「NIXON RESIGNS（ニクソン辞任）」とあった。一九七四年八月のことだ。その時の映像は今も脳裏に焼きついて離れない。当時僕はことの重大さをそれほど認識してはいなかったが、とにかく何かすごいことが起こったのだと思ったし、町中が、いや国中がその二つの単語の意味するところに衝撃を隠せないことだけは十分にわかった。

政治家のスキャンダル

スキャンダルにもいろいろあるが、アメリカの場合、女性問題に関するスキャンダルは特に致命的であるとされていた。一九八〇年代、民主党の大統領候補として彗星のごとく現れたゲイリー・ハート上院議員のことを思い出す。彼はルックスもよく、その出で立ちから西部のカウボーイを思い起こさせるような人物であった。さらにジョン・F・ケネディーの再来とまで言われたこともあったように記憶している。しかし、そんな彼もあるモデルとのスキャンダルであっけなくその座を追われてしまったのだ。その後も政界に留まりはしたが、大統領候補としての資格は剥奪されてしまったようだ。アメリカという国は、女性スキャンダルに関してはそれほど厳しい国なのだと当時改めて思い知らされた。

政治家のスキャンダルといえば、まだ記憶に新しいのが第四二代大統領、ビル・クリントンのケースである。彼もゲイリー・ハートと同様、故ケネディー大統領と比較されることが多かった政治家だ。九〇年代の後半、インターネットの発達も手伝って、このスキャンダルは世界中を駆け抜けていった。普通のメディアの報道以上のことをわれわれは知らされることとなったのだ。世間にあそこまで赤裸々に公開されてしまった以上、いかに絶大な人気を誇る大統領といえども、もうこれまでかと思った人々も多かったはずだ。しかし、彼は無敵だった。しっかりと生き残ったのだ。それはアメリカ史上まれに見る出来事であると言ってよいだろう。それにしてもなぜ彼は大統領の地位を失わなかったのだろうか。

クリントンは経済政策においてすばらしい業績を残していたことが有利に働いたようだ。もしそれが大統領の地位に留まった最大の要因だとしたら、また経済優先かと愕然とさせられる。結局アメリカは経済的な豊かさが最優先される国なのか。二九年の大恐慌の教訓はどこへ行ったのか。経済的潤いが、道徳的な罪をも許してしまうアメリカに変わってしまったのか。だとすると、メイフラワー号以来のアメリカのモラルはすっかり失われてしまった。

『マディソン郡の橋』

ここでクリントンの道徳観を非難しようとは思わない。ただ、九〇年代の前半には文学においても似たような現象が起こっていたことに注目したい。それは、ロバート・J・ウォラーの『マディソン郡の橋』だ。一九九二年に出たこの小説は五〇〇万部近くも売れたベストセラーとなり、一九九五年にはクリント・イーストウッドとメリル・ストリープ主演の映画にもなった。これはいかに美しい恋愛がそこにあろうとも、テーマ自体が別のところにあろうとも、やはりそれは不倫の話である。そんな不倫ものがアメリカにおいてここまでの人気を呼んだことは驚き以外のなにものでもない。

この小説と映画は日本でもかなり好評を博したが、わが国ではそれは決して珍しいことではない。それよりもアメリカがこういう内容のストーリーを受け入れたこと自体が注目に値するのだ。この社会現象はいったいどう解釈すればいいのだろうか。クリントンの事件は『マディソン郡の橋』のあとの出来事ではあるが、この九〇年代、アメリカに何らかの変化が生じ始めていたことは事実だろう。たかが大衆小説や映画の話ではないかと思われるかもしれないが、どうしても無視できない何かかがそこに潜んでいるような気がしてならない。

これはアメリカ人がかつてに比べて道徳的に寛大になったということではないだろう。それは彼らがどこかで自分たちの進むべき方向性を見失ってしまうくらいに疲れきっていることの現われではないかと思えるのだ。この頃のアメリカは、経済的にはなんの問題もないくらいに繁栄を極めていた反面、精神面において何かそのたがが緩み、目的に向かって突き進む気力のようなものを失いかけていたのではないだろうか。おそらく何らかの休息が必要だったのだろう。

この映画に関して、評論家の淀川長治は「近ごろ映画はかかる、しっとりした、落ち着いた映画を失っている。これは春の日のやさしいタンポポの花だ」（『産経新聞』一九九五年八月一五日夕刊）と評している。まさに疲れ果てたアメリカ人には、春のそよ風に揺れるタンポポの花を想像させたのだろう。

ちなみに、この約一〇年前に『恋におちて』（*Falling in Love* 一九八四）という映画が封切られたが、これもニューヨークを舞台にした不倫ものであった。主演はここでもメリル・ストリープで、相手はロバート・デニーロだ。豪華な二人の共演だったが、アメリカではあまり評判になることはなかった。むしろ日本のほうが大騒ぎをしていたようだ。

『フォレスト・ガンプ』

そういえば、この時代の『フォレスト・ガンプ』(Forrest Gump 一九九四)という映画でも、ひたすら走り続けてきた主人公は、ベンチに腰を下ろし、居合わせた人たちに昔話をしているではないか。これはロバート・ゼメキス監督の作品で、一九九四年に封切られたものである。原作とは全く違い、現代アメリカ史を下敷きにしている。ベトナム戦争前のアメリカから八一年のレーガン暗殺未遂事件まで、約三〇年間にわたる物語である。ケネディー大統領暗殺、ウォーターゲート事件なども当然そこには含まれており、ベトナム反戦の模様や、ジョン・レノン、ジョンソン大統領も登場する。いかにもアメリカらしい成功物語の中に歴史的事件が散りばめられているわけだが、これは六〇年代、七〇年代のアメリカがひたすら走り続けてきた歴史をガンプに語らせたものだ。郷愁を誘うほのぼのとしたストーリーの中に疲弊していくアメリカの姿が重なり、どこか切なくさせられる作品である。

トム・ハンクスが演じる主人公フォレスト・ガンプは生まれつき脚にハンディを背負っていたが、それをある幸運から克服し、少々知能に問題はあるものの、しっかりと人生を生きていくアメリカ人男性である。やることなすことすべてがうまくいくという点では現実味に欠けるかもしれないが、そこがアメリカ的な楽観主義でもあり、そう信じることでアメリカは成功への道を歩んできた。ふたたび淀川長治の言葉を借りれば、彼はこの映画の主人公の「善行」に「勇気」と「信念」を見出そうと言っている(『産経新聞』一九九五年一月一〇日夕刊)。アメリカ人の美徳とは、まさにこの「善行」や「勇気」であったはずだ。こうした成功物語の元祖と言われるのが、ホレイショー・アルジャー(Horatio Alger)の『ボロ着のディック』(*Ragged Dick* 一八六七)という作品である。これは一人の貧しい少年が、善行と正直さでもって一歩ずつ成功への階段を登っていく話である。そこには失敗は一切なく、まじめにこつこつ努力すれば必ず成功するのだという教訓が描かれている。

この物語は南北戦争によって疲弊したアメリカの子供たちに勇気を与えるために書かれたものだが、確かにそれは功を奏したようだ。ディックは着実に成功を収めていくが、この楽観主義が子供のみならず、アメリカ人全体の特徴であった。そんなアメリカをフォレスト・ガンプは代表しているのである。

主人公ガンプはひたすら走る。愛する人の声に従い、彼女のために、そしてその愛が失われていく寂しさを忘れるために走る。映画の後半では悲しみを乗り越えるため、三年間もアメリカ中を走り続ける。彼の走りはアメリカの歴史そのものでもある。そして最後に、疲れ果てたのか、アリゾナ州あたりの一本のまっすぐなハイウェイの途中で立ち止まってしまう。彼は故郷に帰り、そこで暮らすことを決意する。

彼の人生をアメリカに重ね合わせる時、それは現実となって迫ってくる。アメリカは常に走り続けてきたのだ。走ることで何かを模索しながら。しかしベトナム戦争以降、疲れが見え始めた。そしてついには立ち止まらざるを得なくなった。映画の中でもウィリー・ネルソンの「オン・ザ・ロード・アゲン」が流れていた。ガンプは最後に愛する人にふたたびめぐり合い、やっと彼女と一緒に暮らすことができるようになる。しかしまもなく彼女はこの世を去り、子供だけが残る。なかなか家族が普通に一つになれない風景も、この時代のアメリカの縮図と言えそうだ。

それは先に言及したレイモンド・カーヴァーの描く家庭の風景でもある。子供の命が失われなければ一つになれない夫婦がいたり、片方がアル中で別々に暮らさなければならないカップルがいたりというふうに、普通のありふれた家庭の光景がそこにはないのだ。旅に疲れて、走ることに疲れて、やっと帰ってきたと思えば、家はそういう状況に陥っているのだ。ポップ・アートの世界でその名を知られたロバート・ラウシェンバーグの作品に『兆候』(*Signs* 一九七〇)というのがあるが、これも『フォレスト・ガンプ』に重なる。そこには、へロインの過剰摂取が原因で亡くなったジャニス・ジョプリン、ケネディー大統領と弟のロバートの暗殺、人種暴動、キング牧師の暗殺、ベトナム戦争、人類初の月面着陸といった六〇年代の出来事が凝縮されて描かれているからだ。それはアメリカがもっとも走っていた時代だった。

故郷へ帰りたい

七〇年代にはジョン・デンバーの「故郷へ帰りたい」（"*Take Me Home, Country Roads*"）という歌が大ヒットしたが、これはこうしたアメリカの社会的状況を反映していたのかもしれない。それは故郷への切なる思いが込められた歌だ。人は疲れた時、あるいは傷ついた時、なぜか故郷を思い出す。それまでなんでもなかったありふれた景色が、急に輝きを見せ始めるのだ。そしてその場所に帰りたくなる。

この歌の中に、「故郷への道よ、私を連れて帰ってほしい。私の所属している場所へ」と歌われる部分があるが、この「所属」（"belong"）しているという感覚が何よりもわれわれを安心させるのであろう。この感覚がないと、人は「ルーツ」を失い、根無し草のような気持ちにさせられてしまうのだ。それは、あてもなく漂流している感覚である。

これに似た歌にサイモンとガーファンクルの「早く家に帰りたい」(*"Homeward, Bound"*)がある。これは、ポール・サイモンがイギリスでフォーク・シンガーとして町から町を旅していた時に作られた歌だが、そうした背景は別にして、詞の内容はどこか七〇年代のアメリカ人の心境を表している気がする。そこには疲れたアメリカ人がいる。次の目的地までの切符を手に、駅で汽車を待っている一人のシンガーは、「故郷へ帰りたい、あの故郷へ」と家に帰りたい心境を歌い出す。家、それは彼にとってどんなところなのかと言えば、そこは、何も考える必要がなく、自分の音楽が鳴り響き、愛する人がそっと待っていてくれる場所なのだ。だから早く家に帰りたい。この詩人はそう訴えている。

高度に発達してゆく資本主義社会のなか、経済的に繁栄すればするほど、人々の心は知らず知らずのうちに疲れていった。これ以上どこに向かって走ればいいのだと言わんばかりに、人々は奇妙に動きを失っていったように見える。かつて彼らの移動欲を掻きたてた「オン・ザ・ロード」的な活力が感じられないのだ。どうも旅の途中のモーテルに立ち寄らざるをえない状況に見えて仕方がない。さらには、何かを掘り下げようとしても「ハート・オブ・ゴールド」は見つからず、もうそれ以上掘り進むことをやめてしまったかのようだ。

精神世界と経済発展

この九〇年代には、アメリカ先住民の精神世界への傾倒ぶりが目立ってきたように思える。書店に行っても、「アメリカン・インディアン」のコーナーがあり、多くの書物が目につくようになってきたことは確かだ。このことは先の章でも触れたが、アメリカ人はかつて邪魔者扱いをして片隅に追いやってしまった先住民に、ここに来て精神的に依存し始めたのである。こうした傾向はわが国日本でもそのまま受け継がれ、フォレスト・カーターの『リトル・トリー』(一九七六)など、アメリカン・インディアンの世界に関する書物が静かに読まれるようになった。これは単にアメリカで話題になったからというだけの理由ではないだろう。アメリカ人も日本人も双方とも同じ精神状態にあったからこそ、こうした世界に癒しを求め、安らぎを得ようとするようになったのだ。ただし、こうした傾向が強まったからといって先住民たちの社会的地位には何ら変化は生じなかった。彼らは依然としてフェンスの向こう側に追いやられたままである。

またこの現象と並行して、自然界に癒しを求める傾向も強くなっていった。文学の世界では、「ネイチャー・ライティング」と呼ばれるジャンルが注目され、人間と自然との共生の大切さが描かれるようになった。そしてこれらを総合したような形で、音楽の分野でも「ヒーリング・ミュージック」がもてはやされるようになった。しかしこうした傾向は何もこの時代に始まったわけではない。それこそソローの『ウォールデン』がその元祖的な存在なのだ。その意味で、この時代の自然に癒しを求めようとする傾向は、形を変えて『ウォールデン』を再読しようとしていることでもあるのだ。これはまた地球規模での環境破壊が問題になり始めたこととも関連していることは事実だが、それ以前に人々の疲弊感、閉塞感がもっとも大きな要因であると思われる。アメリカの人々はこのように自然の治癒力に頼ろうとする一方で、ブッシュ政権は二〇〇一年に京都議定書から離脱したというのはなんとも皮肉なことではないだろうか。国民が休息を求め始めているにもかかわらず、国はそのことにはお構いなしにひたすら走り続けようとしているのだ。経済活動の速度を落とさないために。国民はもちろんそれについていくしかない。一度手にした快適な生活を捨て去る勇気を持てないままに。

ただ、アメリカはオバマ新政権の下、遅ればせながら地球温暖化対策に関する国連交渉に復帰した。世界最大の温室効果ガス排出国アメリカがこうした方向転換を計ったのは歓迎すべきことではあるが、これは疲れた国民を癒すことには直接つながらない。なぜなら、それはオバマ政権が環境対策に投資することで経済の活性化を狙う「グリーン・ニューディール」政策の一環だからだ。つまり、環境への配慮というよりも、むしろ経済発展が主たる目的なのだ。これはソローの意図するところとは明らかに違っている。

一九世紀への回帰

二〇年代には知識人を中心としたヨーロッパへの回帰現象が見られたわけだが、この九〇年代にも同様の現象が起こった。ただ、人々が実際にヨーロッパになにかを探しに出かけて行ったわけではなく、文学の嗜好の点においてある変化が生じ始めたのだ。それは一九世紀イギリス文学が近年にない形で読まれるようになったということである。その理由は、物語が一つの枠の中ですべて完結するために、全体が見渡しやすいというのである。これは言い換えれば、時代があまりにも多様化しすぎ、一定の枠内には当然収まりきらず、あちこちに分散してまとまりがないということだろう。まさにわれわれはそういう時代を生きている。

つまり、人々はそういった果てしない旅に疲れてきたのだ。舞台がどこであるかがはっきりと示され、そこで限られた登場人物たちが物語を展開していく。実にシンプルでわかりやすい。小説そのものが単純だということではない。その構成が複雑に錯綜していないということだ。そんな単純な理由でと思われるかもしれないが、それこそが複雑怪奇な世界に生きる人々の素朴な反応なのではないだろうか。今日のように現実と非現実の区別が曖昧で、時間的空間的に明確な位置が読み取れないということがないからだ。人間の鼓動と小説のリズムがうまく呼応するのだろう。まさに先住民や黒人たちと大地との関係のように。そこに静かな「スイング感」が生まれるのだろう。

時代は二〇世紀後半になるが、一九世紀が舞台の『風とともに去りぬ』の続編としての『スカーレット』（一九九一）が評判になった。これは、国民文学として愛され続けている作品の主人公スカーレットが、その後どうなったのだろうかという素朴な好奇心を小説にしたものだ。この現象に関しても、新たなものを求めるのではなく、今あるものについてもう一度違った角度から見直してみたいといった心境の表れに違いない。これは文学に限らず、音楽の世界などでも見られる傾向だが、次から次と新たなものを産み出すことよりも、過去を振り返りつつ、今の自分たちの居場所を確かめようとしているかのように思えてならない。

正義感の回復

クリントン事件の結末に見られるように、九〇年代の人々は確固たる正義感を示す自信を失ってしまった。彼を辞任に追い込んでしまえば、自分たちは路頭に迷うことになるかもしれない。そんな不安が彼らの心をよぎったのだろう。そんなふうにアメリカ人は自信を喪失し、疲弊していた。

それは、同じ九〇年代、世間の大きな注目を集めたO・J・シンプソン事件にも見られる現象である。シンプソンはアメリカン・フットボールの花形選手として注目を集めた人物だ。アメリカにおけるフットボール人気を考えてもわかるように、彼はいわば国民的ヒーローであったわけだが、その彼が殺人の容疑をかけられる事件が起きたのである。彼が運転するフォード・ブロンコが何台ものパトカーに追跡される場面がテレビで実況中継されたのを覚えている。当時僕は客員研究員としてアメリカ東部ロードアイランド州の大学に籍を置いていた関係もあり、この事件には特別な関心を持って毎日の報道に注目していた。ニュース専門局のCNNでは連日裁判の様子が実況中継され、まるでテレビの連続ドラマに嵌ったかのように釘付けになっていたことを思い出す。

シンプソンは黒人である。容疑は、彼が元妻である白人女性とそのボーイフレンドの二人を殺害したというものだ。この事件はいろんな意味においてアメリカの社会の縮図を見ているようで、国民の関心は異常に高かった。その証拠に、判決が下される瞬間は、アメリカの社会の機能が一時停止したほどであった。たとえば空港では、パイロットたちもテレビ中継から目が離せないために、飛行機が遅れたというほどである。

さらに忘れることができないのは、その瞬間、全米が真二つに分かれたことである。「無罪《ノット・ギルティ》」という裁判長の言葉に、黒人たちは狂喜乱舞し、白人たちにはまさかといった落胆の様子がはっきりと見て取れた。一九九五年、二〇世紀も終わりに近づきつつあったこの時代、白人と黒人の間にはこんな形でまたまた境界線が明確なものとなってしまったのだ。この境界線を消すことがいかに困難であるかを改めて見せつけられた瞬間だった。

アメリカでは陪審員制度が採用されており、その一二名の人種構成が判決に大きく作用することもあるが、この裁判では、黒人九人、白人二人、ヒスパニック一人であった。またそのうち、女性が十人、男性が二人であった。さらに、この時の裁判長に日系アメリカ人であるランス・イトー判事が指名されたことも見逃せない。つまり、この事件をフェアに裁くために中間的な位置づけのアジア系が選ばれたというわけだ。いかにもアメリカ的な演出だ。

この事件の鍵となったのは、なんといってもこの「公平さ《フェアネス》」という点だろう。捜査の段階でロサンゼルス市警の白人刑事マーク・ファーマンが、黒人であるシンプソンに対して公平でないやり方をとったことが大きかった。つまりそこに黒人差別意識が明確に読み取れたのである。そのことがすべてではないにせよ、こうした捜査段階での事実が明らかになった以上、それを無視して有罪判決を下した場合、黒人側の不満は爆発し、暴動に発展する可能性は十分に考えられた。それをみすみす引き起こすわけにはいかない。判決を下す側はこのことを真っ先に考えたに違いないのだ。

アメリカ人の中には伝統的に強い「正義感」がある。フェアではないプレイは絶対に許さないというアメリカ人気質だ。しかし、それはそれとして、この裁判にその正義感が適用されたのだとしたら、それはどこか違うのではないだろうか。判決の結果による社会的不安定を恐れ、決断が下されたのだとしたら、それはほんとうの正義ではない。フェアプレイではないはずだ。

神の死

『緋文字』の牧師ディムズデイルとヘスターの二人が、最後まで罪と向き合ったのも正義感がその根底にあったからだが、それは神に対しての正義感だと捉えることができる。神はすべてを見通しているのだというのが二人の考え方であり、これこそがアメリカの原点であったはずだ。それが二〇世紀の終わりにはどこか狂ってきてしまったようだ。神に対する誓いはどこか表面的なものとなってしまっている。その意味ではアメリカにおける神は死に絶えてしまったのかもしれない。

こうしてアメリカは、神の姿を見失うことで、その正義感をも失ってしまった。ふたたび見出しそうになったかと思うと、経済的繁栄によって、またまた見失う。そんな繰り返しかもしれない。

強欲な資本主義

実際にアメリカで生活をしてみて、いつも戸惑うことが一つある。それは、庶民レベルの正義感とビジネスにおけるモラルとの間のギャップがあまりにも大きいことである。日常生活において頻繁に触れることのできるアメリカ人の善意が、ビジネスの世界になると一気に失われてしまうのだ。この落差にはどうしてもついていけない。

四半世紀ぶりのミネソタ滞在となった二〇〇七年からの一年間は、州都であるセント・ポールに住み、ミネアポリスのキャンパスに通うという生活であったが、街は以前と比べて大きく様変わりしていた。なんといっても、当時は北欧系とドイツ系が大半を占め、都市部においても黒人の占める割合がわずか四パーセントだったのに対し、今ではソマリア人やモン族の難民などが多く生活をしている。人種構成が実に多様になった。

ミネソタにかぎらず、アメリカをあちこち旅すれば、必ず人々の善意に触れることができるし、また彼らの正義感の強さに感銘を受けることも多い。初対面のまったくの赤の他人とのこうした触れ合いに、アメリカ人の懐の深さのようなものを感じさせられる。これがアメリカ人なのだと改めて敬意を表したい気持ちになる。ところが、これがビジネスの話となると状況は一転する。

ミネソタ大学に赴任してしばらくたって中古車を購入しようと、あれこれ知り合いから情報を得ていた。多くの人たちは日本車を薦めた。日本人がアメリカで日本車に乗るということには以前から抵抗があり、これまで一度も考えたことがなかった。九四年から二年間東部に滞在した時は、あえてフォードのトーラスをリースしたくらいだ。しかし、まわりの強い勧めで今回は決心した。そこで、親しくなった台湾出身の映画研究者の同僚にスバルの代理店を紹介してもらった。彼もそこで中古車を購入していたのだ。

セールスの担当は女性だった。最初は中古車を見て回っていたのだが、僕の予算を聞いて、それならリースの制度で新車に乗った方がよいと勧めてきた。もちろんそれはわかっていたが、最低二年の契約になるため、今回は無理だとあきらめていたのだ。それが、なんとかなるからというのである。そこで、次は男性の上司に紹介された。彼は言葉巧みにわれわれを説得し始めた。とはいえ、そんなにうまくいくものかどうかという不安もあり躊躇した。しかし、彼らは執拗に、絶対に悪いようにはしない、ここは信じてもらうしかないと言うのである。さらにはそのボスも登場し、帰国する際は責任を持ってうまく処理してやると断言するのだ。同じ予算で新車に乗れるなら、それを断る手はない。友人もそれならいいのでは、ということで僕は契約に踏み切った。日本製のスバルはミネソタの四季を通して素晴らしいパーフォーマンスを発揮した。

悪夢は帰国直前にやってきた。契約時の約束通り、車をディーラーに返却するために連絡を取ろうとした。しかし、当時の担当者は誰も電話に出てこない。別の人間がとにかく車を持ってきてくれというので、出向いていった。それで契約の打ち切りの手続きに入ったが、月二回の分割払いの合計に加えて、さらに予想外の金額を支払うようにと求められたのである。これは何かのまちがいだから、契約時の担当者を呼んでくれと頼んだが、今は部署が変わってここにはいないという。それで電話でもいいから話をさせてくれと頼んだが、その要求には絶対に応じてはくれなかった。

困り果てた友人と僕が、契約時の「約束」を一生懸命説明しようとしたが、聞く耳を持たない。次に所長らしき人物が出てきて、こう言った。「この契約はそもそもありえないんだよ。リースは最低二年と決まっているんだ」。さらに、「追加金を払えないなら、この車を買い取って誰かに売れ」と言い出す始末。帰国直前、そんな時間はないし、そもそも話が違うじゃないかと詰め寄っても、相手は全く動じない。われわれは途方に暮れた。そのあとのやり取りはただただ空しいもので、帰国の期日だけが迫ってきた。「君たちね、市場は常に変化するんだよ」という所長の言葉が今も鮮明に残っている。約束よりも市場の動きを優先する。それがビジネスだ。そう彼の目は語っていた。

かりにこの論理を認めるにしても、どうしても納得がいかなかったのは、契約時の担当者たちだ。彼らから誠意を持ってそう説明されれば、しぶしぶでもわれわれは納得しただろう。しかし、当事者は誰もいない。さらに、まわりを見渡してみても、受付の黒人の女性を除いて、すべてメンバーは入れ替わっていたようだった。

契約社会アメリカ

帰国後、事件の顛末をアメリカ人の友人に話してみた。その時の彼の反応にある意味ほっとした。「ああ、それはアメリカではよくあることだよ。というかそれが彼らの手なんだ。

それにまんまと引っ掛かってしまったんだね。それにしても、アメリカに詳しいはずの君がなぜ口約束だけで契約をしたんだ。それじゃ、結局こうなっても文句は言えないだろう」。確かにその通りだ。そんなことは理屈では分かっていた。しかし、「信じてくれ《トラスト・ミー》」といわれて、「いや、契約書を書いてくれ」とはどうしても言えなかったし、言いたくなかった。相手を傷つけるような気がしてしまったのだ。その友人によると、アメリカでは車の売買に関しての訴訟はあとを絶たないという。車を買う時の注意、万一トラブルになった時の訴訟での勝ち方などを詳細に書いた本まで出ているそうだ。車社会アメリカならではと言うべきか、それとも、車の国アメリカなのにと言うべきか。いずれにしても、契約社会アメリカ、このことを今後は絶対に忘れてはいけないと肝に銘じた。

この強欲とも言えるビジネスのやり方と、「善きサマリア人」であるアメリカ庶民の落差にはいつも首を傾げてしまう。どちらが彼らの本性なのか。こうしたところにまでついアメリカの光と影を見てしまう気がするが、超資本主義国家アメリカにはもはや「誠実」や「正義感」といった言葉は不在なのだろうか。「人権」を最優先するはずの国が、こうしたビジネスのあり方を肯定するはずがない。ごく一部の、しかし巨大な企業がアメリカ固有の美徳を汚してまでも、利潤の追求にいそしんできたとしか言いようがない。しかし、こうした神をも恐れぬやり方には必ず限界がある。百年に一度の大恐慌の陰には、こうした傲慢さが潜んでいるに違いない。

ブッシュ政権の八年間は、世界を二極化する戦争から環境問題まで、いろんな意味で傲慢であったようだ。そのつけは決して小さなものではなく、国民は疲弊し、あの二〇年代のような閉塞感に苛まれた。そんな中、カリスマ性を持って登場したオバマに対する国民の熱狂は、あのリンドバーグを彷彿とさせるものがある。断たれた夢、見失ったハイウェイをもう一度復活させてくれるヒーローを国民は欲したのだ。そこで「変革《チェンジ》」を前面に押し出したオバマの存在は、夢の復活を予感させるものであった。

第七章

光と影の融合に向けて

　われわれは立ち上がり……自信を持ってはっきりと言うことができるのだ。今われわれはページをめくろうとしているのであり、アメリカの物語に次の偉大なる一章を書き加える準備は整った、と。

2008年3月4日、テキサス州
サンアントニオにおける
バラク・オバマのスピーチより

　最高の状態はまだこれからやってくる。

ロバート・ブラウニングの詩より

ハイウェイの原点へ

先にボブ・ディランの話をしたが、ここでもう一度彼の歌の世界を振り返ってみたい。ディランはウディ・ガスリーという歌手の影響を多分に受けている。ガスリーに関しては、『わが心の旅』(*Bound for Glory* 一九七六)という伝記的映画があるが、そこにはディランの原点が見て取れる。映画である以上、ある程度美化されたり歪曲されたりしている部分もあるだろうが、全体から受ける印象はガスリー本人からそれほど大きくかけ離れてはいない。

ラストシーンでは、富や名声を捨てたガスリーがギターを抱えニューヨークへと旅立っていく。正義と自由を求めて。そんなガスリーの後継者がボブ・ディランだと言っても過言ではないだろう。先に紹介した「オン・ザ・ロード・アゲン」にも見られるように、彼の詩作には一つの方向性、つまり「移動性」が読み取れる。

ディランの一九六二年の作品に「風に吹かれて」("Blowin' in the Wind")がある。あまりにもよく知られた歌だ。「どれだけたくさんの道を歩き回れば／人は一人前だと呼ばれるようになるのだろう?」「どれだけ大砲の弾が撃たれれば／もう二度と撃たれないよう禁止されることになるのだろう?」「何度見上げたら／人はほんとうの空を見られるようになるのだろう？」「人々が泣き叫ぶ声を聞くには／二つの耳だけでは足りないのだろうか？」こうした問いに対し、ディランはこう歌って答える――「その答えは、友よ、風に吹かれている、その答えは風の中に舞っている」。風の中に多くの疑問の答えを見出すためには、人は旅をしなければならない。じっとしていてはいけないのだ。

またもう一つ、「ライク・ア・ローリング・ストーン」（"Like a Rolling Stone" 一九六五）という、これもおなじみの歌がある。ここでもディランは一箇所に落ち着いてしまうことで人は堕落することを説いている。地位や名声に甘んじて生きていると、人は何か大切なことを忘れてしまうんだと。ディランは歌う――「どんな気分だい／気分はどうだい／住む家もなく／まったく誰からも相手にされず／転がる石のように生きるのは？」と。帰る家なんてないんだ。ただ前を向いて歩き続けるしかないんだ。それがわれわれにできることだ。それがわれわれのするべきことだ。そんなメッセージが聞こえてくる。

ディランは歌う、ウディ・ガスリーの歌を――"This land is your land. This land is my land."「わが祖国」（一九四〇）の歌詞だ――「一本のハイウェイを歩いていたら／俺の上には果てしない空が広がり／俺の下には黄金の渓谷が見えた／この国はあんたと俺のために作られたんだ」。この自分たちの大地を自分たちの足で歩いてみよう、旅してみよう、その鼓動を感じ取りながら。そのリズムに合わせて、アメリカのリズムに合わせて。転がる石のようにね。家に帰る道はないよ。後ろを振り返ってはいけない。目指すはハイウェイの先だよ。そんな声がどこからともなく聞こえてくる。

ディランは、「ウディに捧げる歌」("Song to Woody" 一九六二)を書いている。そこで彼はこう呟いている――「ぼくは明日ここを発つ、今日でもよかったけど／いつかこの道を旅していて／軽々と口走ったりはしたくないな／ぼくもつらい旅をして来たんだよなんて」。決して明るい未来だけが見えているとはかぎらない、どこか悲壮感の漂っている部分もある。しかし、その先に見えているものはまちがいなく「自由」だろう。あらゆる苦悩から開放される自由だ。後ろを振り返ってもそれは見つからない。目指すべきはハイウェイの先の先なのだ。家に帰る道はないとディランは言うが、それはまだほんとうの家が見つかってはいないからなのだ。その意味では、その家を探すことこそが旅の目的なのだ。

安住の地、誰もが求める安らぎの場所だ。それは、もしあるとすれば、きっと旅路の果てにあるはずだ。人がその歩みを止めた時、それは生きることの最後の段階に入った時だ。だから、われわれは常に移動を続ける。力のかぎり、息絶えるまで。息絶えてもその後継者が今度は歩き続けるのだ。

ヨーロッパをあとにしてアメリカという新天地にやってきた人々は、すべてこうした精神の継承者だったはずだ。何度も繰り返すが、ヨーロッパからやってきた人たちだけがアメリカを形成していたのではない。そこには先住民がいた。アフリカからやってきた黒人たちもいた。アジアの国々からも多くが参加した。その中には日本人も含まれている。こうしたヨーロッパ以外の人々も、同じハイウェイを走ろうとしたのだ。みんな協力し、夢を共有すれば、もっと早くそれは実現できたかもしれない。しかし、残念ながらそのハイウェイは万人のものではなかった。その道路建設には協力させられたものの、いざそこを走る段になるといろんな制限が設けられたのだ。

こうした一部のアメリカ人のまちがった政策のせいで、多くのアメリカ人はせっかくのハイウェイを正しく前に進むことができなくなっていった。途中で早くも休息を求めたり、そこが安住の地だと勘違いするものまで現れた。たまたま休息した場所には、あまりにも多くの誘惑が待っていたのだった。その最たる例が、二〇年代のアメリカだ。そしてそれと同じ失敗を今日も繰り返しつつアメリカはどんどんとハイウェイから外れ、わき道へと進みつつある。そうして、ふたたび深刻な恐慌に直面した。これはすぐに切り抜けることができるのか、それとも「ほんの始まりに過ぎない」のか。真っ只中にいるわれわれには残念ながらわからない。

今のアメリカにできることはなんだろうか。ただ黙ってオバマ大統領の手腕に期待することだろうか。それだけではないはずだ。この苦境の最中だからこそできることが一つある。それはハイウェイの原点に帰るきっかけをつかむことだ。アメリカの原点、夢の原点、それらをソローやフィッツジェラルド、ケルアックの中にもう一度見出すことだ。

アメリカの朝

「そしていつの日か、ある晴れた朝に」――『ギャッツビー』の最後の一文だ。これは語り手であるニックの心境と捉えることもできれば、またギャツビーの声であるとも解釈できる。いずれにせよ、これは作者フィッツジェラルドの一つの確固たる決意である。このアメリカの朝に彼は何を見ようとしているのだろうか。そこにはどんな光景が展開されているのだろうか。

エドワード・ホッパーの絵に『午前七時』というのがある。それはアメリカの美しい朝だ。しかし、それはあの光と影の世界でもある。朝日を浴びた真っ白な清潔な建物の左奥には相変わらず暗い森が控えている。はっきりとしたコントラストがそこにある。しかし、フィッツジェラルドの目に浮かんでいるアメリカの朝はきっとこれとは違うはずだ。そこには朝日が燦燦と降りそそいでいるが、その光はホッパーの場合のように影を浮き立たせたりはしない。影はできるだろうが、それはごく自然なもので、何かを隠したり、消したりするものではない。その影は、新たな旅立ちの朝、目の前に伸びる一本のまっすぐなハイウェイをわくわくしながら見つめる人々に降りそそぐ朝日によってできたものであり、それは人々と融合し、一体化した影なのだ。

現実と非現実の融合

先に、谷崎潤一郎の『陰翳礼讃』における光と影の融合に関して触れたが、それはたとえば日本の古典芸能のひとつである「文楽」における人形と黒子の存在についても同じことが言えるのではないだろうか。

この二つは同時に存在している。しかも堂々としている。光の向こう側に隠そうとはしない。現実と非現実は仲良く融合するかのように共存している。観客はどちらをも主役にできる。簡単に入れ替えが可能なのだ。アメリカの場合、多くのことにおいてこうした入れ替えは不可能であった。ポップ・アートが光を全面的に取り込むことを目指したのに対して、日

『午前7時』*Seven* A.M., 1947

本の場合は、影をそのまましっかり残している。それは無理に消されるべきものではないのだ。

さらに日本の古典文学に目を向けてみると、『源氏物語』などにも同様の現象が見られる。ここでも現実と非現実はしなやかに融合している。ここに描かれている生霊の世界では、どちらが現実なのか非現実なのかがはっきりとは区別されていない。

こうした形が明確に表れているのが「能」の世界だろう。この伝統芸能の主人公はたいていが幽霊か、あるいはそれに類する存在である。つまりわれわれが生きている世界とは違う次元に生きている人々だ。こうした人々は何かのきっかけで現世に現れ、その思いを語ったり、救済を求めたりする。彼らは舞台の上でしっかりとその存在感を発揮できるのである。白州正子は能を「つかみどころのない、透明な、まるいもの」と説明している。そしてそこには中心がないという。つまり、それは逆の見方をすれば、すべての部分が中心となりうるということだ。現世と来世は常に往還可能なのだ。

このようにわれわれはこの二つの世界を常に明確に区分しなくてもよいのではないだろうか。時にはこの境界線がはっきりしないまま、その間を行ったり来たりしていてもいいはずだ。そういった曖昧さ、あるいは柔軟性が社会の緊張感を解きほぐし、人間関係においても円滑なものをもたらす可能性もあるに違いない。こうした日本の土壌はアメリカにおいては無縁のものであったようだ。

そんなアメリカで、黒人たちはジャズという音楽手段を通して二つの世界の融合を叫び、それに賛同する白人たちも同じくジャズを通して、それまで反対側にいた黒人たちの世界を知るようになった。そうして彼らはうまく境界線をとり除く手段を見出していったように見えた。この二つのあいだの調和をはかろうとすること、それこそが「スイング」することではないだろうか。二つの世界を均等なリズムで揺れながら近づけていくこと。それこそがジャズの本来の目指すところではないだろうか。

ホッパーの二本の線

ここまで見てきたホッパーの絵には、光と影のコントラストが強烈に描かれている場合が多く、それは同時にアメリカ社会の反映として捉えることもできるという見方を提示してきた。そして、これら二つの世界の融合こそが、今後のアメリカの最大の課題であると指摘してきた。しかし、動きが感じられず、静寂の中に閉じ込められたかのような気分にさせられるホッパーの絵を見ていると、未来への希望を持つことは時に不可能であるかのように思えてしまう。そこに描かれた風景があまりにも清潔感にあふれているが故に、よけいに静かな絶望感に襲われてしまうのかもしれない。ホッパーの世界に孤独を読み取る人々が多いのはそのせいだろう。しかし、もはやそこに救いはないのだろうか。今一度彼の絵を見てみよう。

ホッパーの絵の構図には一つの特徴が見出せるようだ。まず代表作の『ナイトホークス(夜鷹)』を見てみると、キャンバスの半分以上を大きな窓が支配しており、それを通してわれわれは中のカフェを見ているこの絵だが、その窓の形に注目したい。この窓を形成している上と下の部分の線はキャンバスの左方向に向かってずっと延びていく。この絵を見る者の目はどうしてもその先が気になるはずである。それはキャンバスには描かれていない部分の話だ。見えている部分ではなく、見えない部分の世界だ。そしてそれはいつかキャンバスの外の部分で交わることになるはずだ。その「消失点《バニシング・ポイント》」はずっと先かもしれないが、それらは必ず交わるのだ。並行ではない二つの線はいつかきっと交わるに違いない。そんな期待を見る者に与えてくれる。

もう一つの例を見てみよう。それは『ペンシルヴァニアの夜明け』だが、左の方向に向けて延びていこうとする二本の線が、キャンバスの左端に立つ大きな柱によって邪魔をされてしまっている。われわれの目はどうしてもそこでいったん止まらざるを得ないのだ。詩人の

『ナイトホークス（夜鷹）』*Nighthawks,* 1935

マーク・ストランドはこう言っている――「われわれはこの駅でずっと長く待たされるような気がする」と。確かに障害は多く、そう簡単に消失点に到達することはできないだろう。しかし、それらの二本の線は確実に交わろうとしているようだ。

これに似ているのが『午前七時』だ。この絵の場合、二本の線は明るい建物の部分から暗い森に向かっている。つまり光から影への方向性だが、これは特に象徴的な意味合いを帯びていると言える。なぜなら、影の世界に背を向けるのではなく、そちらに向かって行こうとする姿勢が読み取れるからだ。あるいはそちらの世界に手を差し伸べようとしている可能性もあるからだ。しかし、確かにその動きはいったん森の手前で停止している。躊躇しているのかもしれない。それでもそれら二本の線は少なくとも森に向かって突き進む可能性を秘めている。

さらに『ケープ・コッドの朝』にも、同様の見方ができる。そこに描かれた女性の視線の方向に向かって、二本の線は消失点を求めて延びていこうとしている。身を乗り出すかのようなこの女性の姿勢に、どこか明るい希望を感じる。ただ、同じ場所でも『ケープ・コッドの夕暮れ』(一九三九)は、『午前七時』に似た構図だ。このようにホッパーの中にも、一種の迷いともとれる姿勢が見て取れる。ただ、希望を含んだ「朝」のほうが「夕暮れ」よりもあ

『ペンシルヴァニアの夜明け』*Dawn in Pennsylvania,* 1942

とに描かれているのは救いだ。

そこにはないけれども、キャンバスの外にあるもの。それは見るものの想像の世界である。ホッパーの作品に見られる線はまっすぐに延びるハイウェイを想起させる。そして、消失点に向かうハイウェイといえば、映画『バニシング・ポイント』へとつながる。

ヒーローの創造

コロラド州デンヴァーからサンフランシスコを目指し、砂漠の中のハイウェイを猛スピードで走る主人公の目は、常にその先の「消失点」を見ていたに違いない。この映画の結末は決して明るいものではないが、主人公の最後の笑みはとても印象的だ。それはまだその先に希望を見て取っていたとも解釈できるし、すべてに絶望した結果の行動ともとれなくはない。その笑みの理由がなんであれ、彼は心の中で最後の到着点を見ていたのだろう。すぐ手の届くところまで来たことを確信していたのだろう。車は爆発炎上してしまっても、彼は心の目で消失点を捉えていたに違いない。

コワルスキーはある意味でリンドバーグに似ている。両者とも意図的にヒーローになるつもりはなかったが、まわりの人々によってヒーローに祭り上げられてしまったからだ。二〇

『ケープ・コッドの朝』*Cape Cod Morning,* 1950

年代が空前の好景気による精神的な閉塞感が原因だったとすると、七〇年代はベトナム戦争の後遺症に苦しんだ時代であったからだろう。ベトナムで挫折したあと、人々は疲弊感とともにどこに向かって進んでいけばいいのかがわからなくなってしまった。六〇年代のカウンター・カルチャー的スピリットを失ってしまった今、人々は精神を高揚させてくれるヒーローを求めたのだ。

黒人で盲目のDJに象徴されるように、動きを奪われてしまった人々はコワルスキーに夢を託したのだ。このDJ自身の電波を通しての語りかけに、他の人々も諦めかけていた何かをそこに見出していった。彼らはコワルスキーに走ることを望んだ。そして、体制側の障害物を突破してほしいと願った。民衆の反戦への声もむなしく、長きにわたって闘われたベトナム戦争。そんな状況のなか、人々が体制側に敵意を抱いていたとしても決して不思議ではない。

二人のコワルスキー

二〇〇八年、クリント・イーストウッド監督、主演映画『グラン・トリノ』（*Gran Torino*）が封切られた。この作品の主人公の名前はコワルスキーだ。偶然にも『バニシング・ポイント』の主人公と同じ名前だが、この二人のコワルスキーにはどこか共通点がある。それは戦争体験だ。

イーストウッドが演じるコワルスキーは朝鮮戦争の前線に送られ、功績を上げたという設定になっている。つまり、ベトナム戦争の帰還兵であるもう一人のコワルスキーと同様、彼もアメリカが介入してきた戦争の体験者であり、犠牲者であるとも言える。二人はともにその人生の終え方を自然死に任せることはなかった。何かのけじめをつけるべく、死へと疾走していった。

『グラン・トリノ』の主人公の老人は、戦争で獲得した勲章を誇りに思うどころか、どこかそのことが心に引っかかったまま老齢期を迎えている。殺人という戦争に加担したことへの罪悪感から逃れることができないでいるのだ。それでも彼は帰還後、アメリカが誇りとしてきた自動車産業に長年従事し、自らの手でフォードの「グラン・トリノ」を制作したのだった。彼に残されているのはその過去の栄光ともいえる名車だけだ。物語はこの一台の車をめぐって展開するが、それはまさにアメリカそのものの象徴でもあるのだ。

アメリカの自動車産業の衰退とともに、彼の家のまわりからは白人が消え、代わってモン族の移民たちが住むようになってきた。アメリカ車に代わって、同じアジアの日本車が大量に進出してくる。老人は最初そのことに不快感を示すが、のちに事態は変化していく。隣家に住む一人のモン族の少年との交流が彼を変貌させていくのだ。その背景には、結果的にベトナム戦争の傷跡が見え隠れしている。

このモン族とは、東南アジアのラオス、ベトナム、タイ、そして中国南部などの山岳地帯に住む少数民族であるが、ベトナム戦争中、ラオス高地に住むモン族の人々は、同時期に進行していた政権争いの内戦に巻き込まれ、その多くがアメリカの支援する反共側の兵力として戦ったために、ラオスが社会主義となった一九七五年以降、彼らは祖国を追われることとなったのである。隣国タイでの難民キャンプを経て、アメリカをはじめその他の国々へと移住していった。現在、二十万人以上のモン族がアメリカで暮らしているが、もっとも大きなコミュニティーを形成しているのは、カリフォルニア州とミネソタ州である。僕が所属していたミネソタ大学においても、彼らの言語モン語が日本語、中国、韓国語などのコースとともに開講されている。

こうした歴史的背景を考える時、そこにはベトナム戦争が大きく影を落としていることは言うまでもない。イーストウッド扮するコワルスキーが次第にモンの人々に心を開いていくのも、アメリカ人としての彼らへの償いの気持ちが働いていたのかもしれない。朝鮮戦争で罪のない市民に銃を向けることを余儀なくされた彼だからこそ、よけいにその気持ちが強かったのだろう。

このようにこの映画では、アメリカが抱える大きな社会問題が浮き彫りになる。朝鮮戦争、ベトナム戦争、そしてそれに関連する移民の問題。またさらにそれによって加速されていく犯罪の問題などなど、現在のアメリカの影の部分がクローズアップされている。ちなみに、イーストウッドの戦争へのこだわりは、二〇〇六年の『硫黄島からの手紙』(*Letters from Iwo Jima*)と『父親たちの星条旗』(*Flags of Our Fathers*)にも見られる。一九三〇年生まれのアメリカ人、クリント・イーストウッドは、その人生を、アメリカが介入してきた多くの戦争で流されてきた血への償いで締めくくろうとしているかのようだ。ギャングを気取った不良グループの前に立ちはだかり、意図的に身をさらして蜂の巣にされるという『グラン・トリノ』のエンディングにそんな彼の意思が読み取れたような気がした。

二人のコワルスキーには時代的な差はあるが、両者に共通するのはアメリカとは何かという根源的な問題への問いかけだろう。自由を獲得するための不自由とでもいうべきか、大きな矛盾を抱えたままこの国は疾走し続けているようだ。

映画のタイトルにもなっている「グラン・トリノ」は、フォードが誇る名車の名前だ。だが、この映画がアメリカで封切られた二〇〇八年の秋以降、世界は大不況へと突入していった。そしてその煽りを受けて、フォード、GM、クライスラーの三大自動車メーカーまでもが経営危機に直面しているというのは、何とも皮肉な現実である。映画の中の名車がどこか小さく見えた。

夢を語るオバマ

今アメリカ人をどう定義するかはますます困難になりつつある。それだけアメリカ社会は多様化が進んでいる。それはたとえばアメリカの文学の分野においても言えることだ。つまり、アメリカ国籍を持つ作家が英語で文学を書けば、すべてが「アメリカ文学」として一括りにされるかというとそうではない。

まず、第一章で言及したネイティブ・アメリカンの場合を見てみると、それは先住民の文学として分類される。鎌田遵は『ネイティブ・アメリカン——先住民社会の現在』で、ナバホ族出身ではないが、ナバホ居留地を舞台にサスペンスを書き続ける作家トニー・ヒラーマンを紹介している。この作家は全米規模で読まれ、内容的にも先住民性を感じさせないために、ナバホ居留地で暮らす人々にも読まれているそうだ。鎌田はここで次のような疑問を呈している——「ヒラーマンの著作は、先住民文学とみなすべきなのか、もしくはアメリカ人が書いたアメリカ文学の作品として数えるべきなのだろうか」と。これこそまさにアメリカという国の定義の問題にもかかわってくる難しい問題だ。

同様に、日系や中国系のアメリカ人による文学はアジア系アメリカ文学というふうにジャンル分けされるのが現状だ。これらはいわゆる移民文学というカテゴリーに入るわけだが、アメリカでは先住民以外すべてが移民であることを考えるとどうもしっくりこない。

その他、ユダヤ系文学や黒人文学という呼び名もある。これこそがアメリカだと言えばまさにそうだが、それではこの国は将来いつまでたってもオバマ大統領の言う「一つ」にはなれないのではないか。もちろん、それぞれの人種がその文化を守ろうとする以上、そこに差異が生じるのは当然だ。そうした多文化の集合体がアメリカであることも事実であり、それがむしろこの国を魅力ある場所にしているのだ。ただ、背景に持つ文化が何であれ、アメリカという国に定住することを決心した人々は何か共通の夢を抱くに違いない。その夢こそがアメリカ人になることの最大の要素であり、それを探してハイウェイを走り続けることが彼らに与えられた使命なのではないだろうか。

二〇〇八年六月三日、オバマ上院議員はヒラリー・クリントンとの長い戦いの末、民主党の大統領候補の座を勝ち取った。この勝利宣言はミネソタ州セント・ポールのエクセル・エナジー・センターで、本人の口から直接支持者に伝えられた。それはアメリカ史上初の黒人大統領誕生の瞬間への確実な前進であり、新たなアメリカの物語のプレリュードとなったのであった。

運よくこの時セント・ポールに住んでいた僕は、会場に入ることができた。とはいえ、会場の外、町中の通りを埋め尽くすかのような長い列に三時間近く並んで、やっとぎりぎり中に入ることが許された。州都とはいえ、いつもは夕方になるとひっそりとしているセント・ポールも、この日は自分の目を疑うほど様子が違っていた。空には数機のヘリコプターが浮かび、強烈なライトで町中を照らしている。数えきれないパトカーと警官たちが配置され会場周辺は、ヒーローの登場を待ちわびる民衆で立錐の余地もなかった。さらに、報道関係者の数も半端ではない。中継車のそばでマイクを片手に実況をするアナウンサーたち。オバマ・グッズを売る露店の活気。それは想像をはるかに超えた光景だった。

会場入りを待つ長蛇の列に加わって少しずつ前進していく中、人々の興奮があたりに充満していた。一人で来ている人、仲間や家族と一緒の人たち、みな一様にこのあと起こる歴史的瞬間の目撃者となることを今か今かと待ちわびていた。暇にまかせて人種構成を調べてみると、大雑把ではあるが、白人、黒人、ヒスパニック、そしてアジア系と満遍なく散らばっていた。特に黒人が突出しているということはなかった。もちろん、この地域には黒人はそれほどいないわけだから、その意味では多かったというべきかもしれない。

列の前後の人たちと自然に会話がはずむ。ただ、自分は選挙権のない外国人であることに少々戸惑いを感じていたが、誰もそんなことを気にする人はいなかった。みな新たな大統領の誕生を願う気持ちで一つになっていた。国籍など関係なかった。その時知り合ったユダヤ系の男性とは、その後も親しく付き合うようになり、帰国した今もメールで連絡を取り合っている。

厳重なセキュリティー・チェックを経て会場に入り、席に着いたと同時に大会は始まった。この会場がアイスホッケーの試合で盛り上がることは知っていた。またブルース・スプリングスティーンのコンサートも行われたばかりだった。しかし、このわずか三十分足らずの演説のために集まった聴衆のエネルギーはどこから来るのか。オバマの登場とともに会場に地響きが走った。これは間違いなく、中に入りきれなかった多くの支持者にも伝わっていたことと思う。

僕はその三万人近い人々の熱狂の中にいた。鼓膜が破けそうになるくらいの拍手と声援が洪水となって渦巻いた。それはまるでロック・コンサートだ。政治の集会とは到底信じられない光景だ。政治にここまで熱狂できるアメリカが羨ましく思えた。この異常な熱気の中、僕は一つの新たな物語がアメリカに生まれつつあることを実感した。

その日は空模様があやしく、ほとんどの人たちが傘を持参していた。しかしそれらは警備の都合上、会場に持ち込むことが許されなかった。その結果、すべては会場の外の植え込みのそばや木の下などに放置しておくしかなかった。僕はなくなっても仕方がないという覚悟で芝生の上に置いておいた。終わったあと、その傘はもとの位置にそのまま置かれていた。誰も自分の傘が見つからないと騒いでいる人はいなかった。その時に集まった数万人の人々の集団は、その夜一つになり、そこには犯罪や盗難の影は一切なかった。この瞬間にかぎっては、そんな社会がもうすぐ実現するかもしれないといった幻想を抱いてしまったが、それは僕だけではなかったはずだ。

新たな物語の創造に向けて

二〇〇八年一一月、具体的な政策というよりも、まず夢を前面に押し出して民衆の心を勝ち取ったオバマ。それはまずアメリカ人が原点に帰ることを意味していた。二〇〇九年一月、第四四代合衆国大統領に就任したオバマは、新たな物語の創造に向けて険しい道を歩み始めた。"Yes, we can!" 国民の過半数は一斉にそう叫び、新大統領のあとに続くことを決意した。光と影が融合した一つの国家を目指して――"We are one."

彼が紡ぎだす新たな物語が、ソローやその後継者であるフィッツジェラルドやケルアックたちが描いてきたアメリカの物語を今度こそ実現させるための物語だと期待したい。

エピローグ

二〇〇九年六月一日、アメリカの自動車メーカー、GMの経営破綻のニュースが世界を駆け巡った。強いアメリカを象徴するような、いわゆる「アメ車」の代表として一〇〇年にわたりアメリカ文化の一端を担ってきた会社だ。その世界一の自動車会社が破産したのだ。これは歴史的事件である。

思い返せば、アメリカの自動車業界の不振は今に始まったことではない。その兆候は一九八〇年前後からすでに表れていた。その大きな要因となったのが日本車の台頭である。このころ僕が滞在していたミネソタでも、日本車の進出が話題となることが多かった。ある時、町の牧師さんに、近くの町のタウンホールのような場所で日本のことを話してほしいと頼まれた。どんな内容の話をしたかは今となっては覚えていないが、聴衆からの一つの質問は今でも鮮明に覚えている——「日本はなぜアメリカリカに車を輸出し続けるのか？　車はこの国で生まれたものなんだ」。僕は一瞬戸惑ったが、素直にこう答えた——「日本車よりももっと安くていい車を作ればいいじゃないですか。そうすればまたみんなアメリカの車を買うようになるでしょう」。こう言った瞬間、しまったと思った。これ以上の議論に自分はついてはいけない。でもそのピックアップ・トラックが似合いそうな男性はにやりと笑って「確かにそうだな」と言ったのだ。ほっとしたのを覚えている。

その後アメリカでは日本車に火をつけたり、大きなハンマーで叩きのめしたりといったデモンストレーションが話題になったことも記憶している。その気持ちは理解できなくもなかったが、同時に、失礼ながら、なぜ日本車が売れるのかを冷静に分析し、負けない努力をしないのだろうかと思ったものだった。今にして思えば、東洋の小さな国日本が自動車産業において王者アメリカの脅威になることが信じられなかったのだろうし、どうしてもその事実を受け入れることができなかったのだろう。

GM破綻のニュースを耳にした時、本書で僕が伝えようとしてきたことが、ある意味で一つの形をなして現れてきたと思った。もちろんそれはネガティブな形としてである。クライスラーをはじめ今回のGMを見るにつけ思うことは、彼らはある段階で走ることを止めてしまったということだ。「ホテル・カリフォルニア」にその車を止めたまま、その先の道を進めなくなってしまったのだ。車は走るためのものだ。アメリカのあの広大なオープン・ロードを走り続けてこそその真価を発揮する。それが本来の目的を忘れてしまったのだ。

　このニュースはまた『ギャツビー』にも関連付けることができる。アメリカのビッグ・スリーと呼ばれる自動車業界は、この小説のイースト・エッグの住人に例えることができる。そこに得体の知れないアジアのライバルが登場する。それはまさに新移民の住むウェスト・エッグだ。変化を受け入れず、安定の中で胡坐をかく姿勢がこの段階では勝利を収めた。しかし、今回、世界一の座も場合によっては崩壊することが証明された。それは、ソローやホイットマンの声が聞こえなくなった時、アメリカはその王者の座を明け渡すことになるのかもしれないということだ。

　オバマ大統領はアメリカ国民とともにふたたびハイウェイを走り始めた。しかし、国民はわずか二年で疲れを見せ始めてしまったようだ。新たな指導者の熱狂的な叫びは、二〇一〇年秋の中間選挙において、少し色褪せ始めてしまった。その二年前、人々はオバマの登場により、消えかけていたアメリカの夢のかけらを、その最後の残り火をふたたび燃え上がらせることができると信じた。もうすでに消滅してしまったかのように思えた夢の名残はまだ存在していたのだ。それはアメリカ国民のＤＮＡの中にすり込まれていたのだろう。しかし、ふたたび目覚めかけたにもかかわらず、それは残念ながら持続力を失ってしまっている。

それはもちろん大統領の政策の失敗にも原因しているのだろう。それにしてもわずか二年で結論を出すのは早過ぎはしないだろうか。ここでこの火を消してしまえば、それはもう二度と燃え上がることはないかもしれない。そうすれば、やがて走ることを完全に忘れ去ってしまい、かつて超大国として世界に君臨したアメリカは、斜陽の国家としてその存在感を失っていくに違いない。

本書の最後で映画『グラン・トリノ』に触れたが、この中で主人公は過去の栄光を捨て、新たな変化の波である移民の少年に心を開いていく。それは過去は過去とし、そこに留まるのではなく、明日に目を向けようとする姿勢でもある。居心地のよいモーテルを離れ、ふたたび旅に出る時が来たのだ。

GMの今後の努力はアメリカの努力でもある。それには何よりも短期間で結論を出そうとしない持続力が必要だ。われわれはふたたびその車がアメリカのハイウェイを走る姿を目にする日を静かに待ちたい。

（了）

主な参考文献

明石紀雄、飯野正子『エスニック・アメリカ――多民族国家における統合の現実〔新版〕』有斐閣選書、一九九七年。

アメリカ連邦交通省道路局編『アメリカ道路史』別所正彦、河合恭平訳、原書房、一九八一年。

長田　弘『アメリカ61の風景』みすず書房、二〇〇四年。

カーバー、レイモンド『The Complete Works of Raymond Carver 1–8』村上春樹訳、中央公論新社、一九九一－二〇〇四年。

鎌田　遵『ネイティブ・アメリカン――先住民社会の現在』岩波新書、二〇〇九年。

加藤秀俊『アメリカの小さな町から』朝日選書、一九七七年。

川村　湊『戦後文学を問う――その体験と理念』岩波新書、一九九五年。

川本三郎『フィールド・オブ・イノセンス――アメリカ文学の風景』河出文庫、一九九三年。

キーン、ドナルド『私と20世紀のクロニクル』角地幸男訳、中央公論新社、二〇〇七年。

――、『能・文楽・歌舞伎』吉田健一、松宮史朗訳、講談社学術文庫、二〇〇一年。

小泉八雲、平川祐弘編『怪談・奇談』講談社学術文庫、一九九〇年。

――、平川祐弘編『神々の国の首都』講談社学術文庫、一九九〇年。

佐伯啓思『「欲望」と資本主義――終りなき拡張の論理』講談社現代新書、一九九三年。

佐々木健二郎『アメリカ絵画の本質』文春新書、一九九八年。

佐藤良明『ラバーソウルの弾みかた――ビートルズと60年代文化のゆくえ』平凡社ライブラリー、二〇〇四年。

白洲正子『能の物語』講談社文芸文庫、一九九五年。

――、『白洲正子全集　第一巻』新潮社、二〇〇一年。

『CNN English Express』編集部編『「対訳」オバマ演説集』朝日出版社、二〇〇八年。

千住　博、野地秩嘉『ニューヨーク美術案内』光文社新書、二〇〇五年。

『タイム』誌特別編集『オバマ――ホワイトハウスへの道』ディスカヴァー・トゥエンティワン、二〇〇八年。

谷崎潤一郎『陰翳礼讃［改版］』中公文庫、一九九五年。

ディラン、ボブ『ボブ・ディラン全詩集――一九六二－二〇〇一』中川五郎訳、ソフトバンククリエイティブ、二〇〇五年。

21世紀研究会編『人名の世界地図』文春新書、二〇〇一年。

林　敏彦『大恐慌のアメリカ』岩波新書、一九八八年。

バレス、モーリス『グレコ――トレドの秘密』吉川一義訳、筑摩書房、一九九六年。

ハーン、ラフカディオ『新編　日本の面影』池田雅之訳、角川ソフィア文庫、二〇〇〇年。

藤永　茂『アメリカ・インディアン悲史』朝日選書、一九七四年。

村上春樹『意味がなければスイングはない』文春文庫、二〇〇八年。

ライル、ローリー『ジョージア・オキーフ――崇高なるアメリカ精神の肖像』道下匡子訳、PARCO出版、一九八四年。

ラーキン、ジャック『アメリカがまだ貧しかったころ』杉野目康子訳、青土社、二〇〇〇年。

Alger, Horatio. *Ragged Dick and Mark, the Match Boy: Two Novels by Horatio Alger*. 1962. New York: Scribner, 1998.『ぼろ着のディック（アメリカ古典大衆小説コレクション）』畔柳和代訳、松柏社、二〇〇六年。

Allen, Frederic L. *Only Yesterday: An Informal History of the 1920's*. 1931. New York: HarperCollins, 2000.『オンリー・イエスタデイ——一九二〇年代・アメリカ』藤久ミネ訳、ちくま文庫、一九九三年。

Brouws, Jeff, Bernd Polster and Phil Patton. *Highway: America's Endless Dream*. New York: Stewart Tabori & Chang, 1997.

Carter, Forrest. *The Education of Little Tree*. U of New Mexico P, 1976.『リトル・トリー』和田穹男訳、めるくまーる、一九九一年。

Cather, Willa. *O Pioneers!* 1913. Penguin Classics, 1994.

Collier, James Lincoln. *Jazz: The American Theme Song*. Oxford UP, 1995.

Cowley, Malcolm. *Exile's Return: A Literary Odyssey of the 1920s*. 1956. Penguin Classics, 1994.

Ellison, Ralph. *Invisible Man*. New York: Vintage International, 1995.『見えない人間』（I・II）橋本福夫訳、ハヤカワ文庫、一九七四年／『見えない人間』（I・II）松本昇訳、南雲堂フェニックス、二〇〇四年。

———. *Living with Music: Ralph Ellison's Jazz Writings*. Ed. Robert G. O'Meally. New York: Modern Library, 2002.

Emerson, Ralph Waldo. Ed. Brooks Atkinson. *The Essential Writings of Ralph Waldo Emerson*. New York: Modern Library, 2000.『自然について［改装新版］』（エマソン名著選）斎藤光訳、日本教文社、一九九六年。

Elliott, Emory, ed. *Columbia Literary History of the United States*. New York: Columbia UP, 1988.

Erenberg, Lewis A. *Steppin' Out: New York Nightlife and the Transformation of American Culture*. U of Chicago P, 1984.

Fitzgerald, F. Scott. *The Great Gatsby*. 1925. New York: Charles Scribner's Sons, 2004.『グレート・ギャツビー』野崎孝訳、新潮文庫、一九七四年。村上春樹訳、中央公論新社、二〇〇六年。

——. *Babylon Revisited and Other Stories*. 1960. New York: Charles Scribner's Sons, 1996.『フィッツジェラルド短編集』野崎孝訳、新潮文庫、一九九〇年。『バビロンに帰る——ザ・スコット・フィッツジェラルド・ブック2』村上春樹訳、中公文庫、一九九九年。

——. *The Crack-Up*. Ed. Edmund Wilson. New York: New Directions, 1945.

Flanner, Janet. *Paris Was Yesterday: 1925–1939*. Ed. Irving Drutman. New York: Mariner Books, 1988.『パリ・イエスタデイ』宮脇俊文訳、白水社、一九九七年。

Fryd, Vivien Green. *Art and the Crisis of Marriage: Edward Hopper and Georgia O'Keeffe*. U of Chicago P, 2003.

Hawthorne, Nathaniel. *The Scarlet Letter*. Penguin Classics, 2002.『完訳　緋文字』八木敏雄訳、岩波文庫、一九九二年。

Haley, Alex. *Roots: The Saga of an American Family*. 1976. New York: Vanguard Press, 2007 (30th Anniversary Edition).

Henson, Kristin K. *Beyond the Sound Barrier: The Jazz Controversy in Twentieth-Century American Fiction*. New York: Routledge, 2003.

Hoskyns, Barney. *Hotel California: The True-Life Adventures of Crosby, Stills, Nash, Young, Mitchell, Taylor, Browne, Ronstadt, Geffen, the Eagles, and Their Many Friends*. Hoboken, NJ: Wiley, 2006.

Hughes, Langston. *The Ways of White Folks*. 1934. New York: Vintage Classics, 1990.

——. *The Collected Poems of Langston Hughes*. Ed. Arnold Rampersad and David E. Roessel. New York: Vintage Classics, 1995.『ラングストン・ヒューズ詩集　ふりむくんじゃないよ』古川博巳、吉岡志津世訳、国文社、一九九六年。

Kerouac, Jack. *On the Road*. 1957. New York: Penguin Classics, 2002.『オン・ザ・ロード』青山南訳、河出文庫、二〇一〇年。

Kunen, James Simon. *The Strawberry Statement: Notes of a College Revolutionary.* Wiley-Blackwell, 1995.『いちご白書［改版］』青木日出夫訳、角川文庫、二〇〇六年。

Levin, Gail. *Edward Hopper: An Intimate Biography.* New York: Alfred A. Knopf, 1995.

Lewis, Sinclair. *Main Street.* 1920. New York: Bantam Books (Signet Classics), 2008.『本町通り』（上・中・下）斎藤忠利訳、岩波文庫、一九七〇－一九七三年。

Marx, Leo. *The Machine in the Garden: Technology and the Pastoral Ideal in America.* 1967. New York: Oxford UP, 2000.

Metalious, Grace. *Peyton Place.* 1956. Boston: Northeastern UP, 1999.

Mitchell, Margaret. *Gone with the Wind.* 1936. New York: Pocket Books, 2008.『風と共に去りぬ(1)－(5)［改版］』大久保康雄、竹内道之助訳、新潮文庫、二〇〇四年。

Ripley, Alexandra. *Scarlett: The Sequel to Margaret Mitchell's Gone with the Wind.* New York: Warner Books, 1991.『スカーレット(1)－(4)』森瑶子訳、新潮文庫、一九九四年。

Salinger, J. D. *The Catcher in the Rye.* 1951. New York: Little, Brown and Company, 1991.

Serafin, Steven R., ed. *Encyclopedia of American Literature.* New York: Continuum, 1999.

Stein, Gertrude. *Paris France.* 1940. New York: Liveright, 1970.

Steinbeck, John. *America and American and Selected Nonfiction.* Penguin Classics, 2003.『アメリカとアメリカ人――文明論的エッセイ』大橋正臣訳、平凡社ライブラリー、二〇〇二年。

Strand, Mark. *Hopper.* Hopewell, NJ: The Ecco Press, 1994.

Tanner, Tony. *The Reign of Wonder: Naivety and Reality in American Literature.* Cambridge UP, 1977.

Thoreau, Henry D. *The Writings of Henry D. Thoreau: Walden.* Ed. J. Lyndon Shanley. 1971. Princeton UP, 2004.『ウォール

デン——森の生活』今泉吉晴訳、小学館、二〇〇四年。
Turner, Frederic Jackson. *The Frontier in American History*. Charleston, SC: Bibliobazaar. 2008.
Twain, Mark. *The Adventures of Huckleberry Finn*. 1885. Penguin Classics, 2002. 加島祥造訳『完訳 ハックルベリ・フィンの冒険（マーク・トウェイン・コレクション1）』ちくま文庫、二〇〇一年。
Waller, Robert James. *The Bridges of Madison County*. New York: Warner Books, 1992.『マディソン郡の橋』村松潔訳、文春文庫、一九九七年。
Ward, Geoffrey C. and Ken Burns. *Jazz: A History of America's Music*. New York: Knopf, 2002.
Westling, Louise H. *The Green Breast of the New World: Landscape, Gender, and American Fiction*. Athens: U of Georgia P, 1996.
Whitman, Walt. *Leaves of Grass and Other Writings*. Ed. Michael Moon. New York: W. W. Norton, 2002.『草の葉』（上・中・下）酒本雅之訳、岩波文庫、一九九八年。

その他の資料（ビデオ、DVD）

「NHKスペシャル 映像の世紀 第三集 それはマンハッタンから始まった」［DVD］NHKエンタープライズ、二〇〇〇年。
Jazz: A Film by Ken Burns. PBS Home Video［VHS 2001］&［DVD 2004］.

引用および初出に関する注

＊『グレート・ギャツビー』に関しては、野崎孝訳と村上春樹訳を参考にさせていただいたが、若干筆者が変更を加えた部分がある。また、『ウォールデン』は今泉吉晴訳の文体を「です体」から「である体」に変更させていただいた。その他の引用に関しては、すべて原典通りである。

＊本書の『ウォールデン』に関する記述のうち、一部は「ニューイングランドの片田舎で自己への愛を叫ぶ――『ウォールデン』から『グレート・ギャッツビー』へ」（『英語青年』第一五〇巻第五号、二〇〇四年八月号）に掲載されたものである。

あとがきに代えて

三・一一以降、無常とか儚さといったことについてこれほど深く真剣に考えさせられたことはこれまでにはなかったと思う。以前はこれらの言葉の中に、何かしらロマンチックなもののさえ感じ取っていたような気がするが、それは幻想であり、実は残酷極まりないものなのだと思い知らされた。あらゆるものは変化し、永遠のものなどどこにもないのだ。世の中は絶えず移り変わり、われわれは無意識のうちに多くのものを失い続けていく。それが現実であり、それを受け入れて生きていくのがわれわれに与えられた使命とでもいうべきものなのだろう。

しかし、果たしてすべては同じように変化し、失われていく運命にあるのだろうか？　そこに残るものは何もないのだろうか？　そうではないだろう。目には見えないけれども、きっと何か大切なものが、ジグソーパズルのばらばらのピースのように空中に漂っているのではないだろうか？　それらをもう一度ひとつひとつ紡ぎ合わせることができれば、表面は変化し続けていても、その背後に何か不動の真実のようなものが見出せるかもしれない。その位置をしっかりと確かめ、それだけを決して失うことなく心のどこかに持ち続けることができれば、われわれはあらゆる事象の儚さに打ちひしがれることなく、背筋を伸ばして生きていくことができるはずだ。

本書はアメリカ人が失ってしまったかに見える大切な夢の原点をもう一度探してみようという試みで書かれたものである。フィッツジェラルドの表現を借りれば、「失われた言葉の断片」をもう一度つなぎ合わせようとするものだ。そしてそれはまたわれわれ日本人にもあてはまる部分が多くあるのではないかという示唆をも含んでいる。

本書に取りかかり始めたのは、もう五、六年も前のことである。そもそもの狙いとしては、単なるアメリカ文明論ではなく、いろんなアメリカを思いつくままにつなげてみたい、さらにきざな言い方をすれば、ジャズのようなアメリカ論を書いてみたいと思ったのが始まりである。つまり、とりあえずそれなりのテーマは存在するものの、途中でアドリブ的にどんどん思いのままに演奏してみたくなればその感情の高まりを大切にしたかったということだ。文学、絵画、音楽、映画の四つの分野をカルテット的に演奏してみたかった。あえてそうすることで常に動いてきたアメリカの律動感、躍動感を感じ取ってほしかったというのが本音である。そんなわがままな原稿を快く引き受けて下さった水曜社の仙道弘生社長をはじめ、編集部の方々には心より感謝している。

アメリカ人がわれわれ日本人と同じような無常観を抱いてきたとは思わない。しかし、彼らもその歴史の中で多くのものを失いながら走り続けてきたはずだ。彼らの場合は、無常というよりは孤独といったほうがぴったりくるようだ。そこには計り知れない寂寥感のようなものが漂っているのだ。それはまさにホッパーの絵に見られるような世界だ。いずれにせよ、なぜ彼らはそうした感覚を時代の流れとともに増幅させていったのか？　そのことを本書で探りあてたかった。

資本主義の最先端を行くアメリカは、日本も同様だが、経済最優先で世の中が進んでいる。何よりも「景気」がいちばんの課題なのだ。それはある意味で当然のことであり、そのことを責めることは誰にもできないのだろう。あの歴史的瞬間から三年、オバマ大統領は苦戦している。結局夢を語るだけで実質は何も伴ってなかったじゃないかというのが多くのアメリカ人の意見のようだ。しかし、同時に忘れてはならないことがあるはずだ。それは人間の心である。経済的効率のために人間性が押しつぶされてしまってはならない。それもごくごく当たり前のことのはずだ。だが現実はどうだろう。知らず知らずのうちに、テクノロジーの発展の陰で、人々は心のよりどころを失ってきたのではないだろうか？　便宜性ということにどうしても重点を置くあまり、つい人間としての基本的な在り方の部分が徐々に薄れ、それをテクノロジーに任せてきたのだ。具体的に言えば、たとえばわれわれが自分の足で歩くということだ。それはもちろん走ることと言い換えてもいい。あるいは直接自分の声で相手にメッセージを伝えることだ。人はいろんな意味でこうした人間としての基本的な動きを鈍らせてきたようだ。激しく変化する社会とは逆に、人はその動きを止めてしまったのだ。もちろん文明を享受することは悪いことではないし、それは放っておいても勝手にどんどん発展していくにちがいない。ただその中で心の動きやその豊かさまでも一緒に退化させてしまってはいけない。

百年前まで、ジャズはライブでしか聴くことができなかった。二度と同じ演奏は存在しなかった。手を伸ばせばミュージシャンに届きそうな、そんな距離で人々は体で音楽を感じ取っていた。人が発する熱気や息づかいを肌で吸収できる時代だったのだ。ジャズ・ミュージシャンはそれぞれの個性を前面に押し出そうとする。しかし、それぞれが楽器を通して会話を交わしながら、ひとつの接点、調和点を見出していくのだ。それはまさに理想的な社会のあり方だが、現実はなかなかそうはいかない。だからこそ、われわれには、常に理想型を提示し、その実現に向かうための牽引力となる芸術が必要なのだ。

今さら文学に何ができるのか？　絵を見て何になるのか？　映画や音楽なんて単なる暇つ

ぶしに過ぎないじゃないか、といった姿勢の人々がみられるのは悲しい。しかし、それも仕方のないことかもしれない。気がつけばそんな時代になってしまっているのだ。文学は確かに弱い立場にあるかもしれない。それは人間を月に運んだり、より早い新幹線を作ったり、便利なモバイル機器を発明することもできない。こうしたテクノロジーの進化とは無縁のものである。しかし、その想像力を育んできたのはいったい何だろうか？　人々の夢を支えてきたのは何だろうか？　それは文学であり、芸術であるはずだ。それは目には見えないところで大いに貢献しているのだ。現代人はそのことを忘れてしまっている。そうして、目に見えるものだけにとらわれ、人を動かし続ける根源の部分から目を背けてしまっているのだ。まさに効率最優先の社会だ。見えないものには目を向けようとしない。そうしていつしか走ることをやめてしまった。アメリカがまさにその典型であり、日本もそのあとを追いかけてきた。そして今、人々は次の行先を、あるいは方向性を見失っている。

ではどうすればいいのか？　それはある意味で簡単なことだ。もう一度原点に立ち返ればいいのだ。そうすることで何が間違っていたのか、何を見失っていたのかが見えてくるかもしれないからだ。原点というのは、何も太古の昔に戻れというのではない。それはほんの半世紀前かもしれないし、十年前かもしれない。どこで道を選び違えてしまったかを振り返り、その時点までさかのぼって考えてみればいいのだ。

今さら戻れない？　そんなことはない。それは心の問題だ。錯綜する多くの情報の中から、自分にとっていちばん大切なものは何かを、じっくりと時間をかけて探しあてればいい。それは誰にでもできるはずだ。本書で繰り返し取り上げたソローやその後継者たちの声に耳を傾ければいい。ポスト三・一一、今こそわれわれ日本人はその価値観の転換を迫られている。もしかしたらこれが日本再生の最後のチャンスかもしれない。そのためには何をすればいいのかを、日本が戦後追いかけてきたアメリカの失敗から学び取れるのではないだろうか？本書がそのための何らかのヒントになればと願ってやまない。

本書のテーマは一言で言えば走ることである。アメリカ人が堂々とそのハイウェイを走ることである。それは高速道路というよりもむしろ単なる普通の道路である。まっすぐに伸びたアメリカの道路の先には常に夢が潜んでいた。それを生きる原動力として彼らは走り続けてきた。心も一緒に激しくときめきながら。それにしてもハイウェイをイメージした歌や絵や文学、それに映画のなんと多いことか。本書では取り上げることができなかったものが他にも数多くある。音楽ではボン・ジョヴィの「ロスト・ハイウェイ」などがそうだ。それはやはり今もアメリカ人の心のよりどころである証拠ではないだろうか？

二一世紀の今、彼らはそのことをもう一度思い出し、失われた心のときめきを取り戻すべきだと強く思う。そのためのハイウェイはごく身近に数えきれないほど張り巡らされている。そして、そのことはまたわれわれ日本人にもあてはまることである。われわれはともにそれぞれのハイウェイをもう一度走ろうではないか。失われた心の再生に向けて。ゆっくりと一歩ずつ。その先にある目には見えない壮大な感動に向けて。

『ライ麦畑』のホールデンのことを思うたびに、ジョン・レノンの「イマジン」がよみがえる。あの切なく響く旋律の背後にホールデンの姿が重なるのだ。「君は僕のことを夢追い人だというかもしれないけれど、それは僕だけじゃないよ。いつか君だって僕の仲間になってくれるよね。そうしていつか……」こんな願いが空しく響く世の中になってしまってはいけない。どんな社会であろうとも、どんな現実であろうともわれわれは夢をあきらめてはいけない。理想を失ってはならないのだ。そしてそれは次世代に受け継がれていかなければならない。志なかばにして叶えられなかった多くの夢のためにも。

二〇一一年一一月二三日　　シカゴ発成田行の機内にて　　宮脇俊文

［著者プロフィール］
宮脇 俊文（みやわき・としふみ）
成蹊大学教授（アメリカ文学）。1953年神戸市生まれ。上智大学文学部英文科卒、同大学院修士課程修了。主な著書に『村上春樹を読む――全小説と作品キーワード』（イーストプレス、文庫ぎんが堂）、『ニュー・ジャズ・スタディーズ――ジャズ研究の新たな領域へ』（共編著、アルテスパブリッシング）、『レイ、ぼくらと話そう』（共編著、南雲堂）、『アメリカの嘆き――米文学史の中のピューリタニズム』（共編著、松柏社）など。日本スコット・フィッツジェラルド協会会長。

アメリカの消失
ハイウェイよ、再び

2012年2月14日　初版第一刷

著　者　宮脇 俊文
発行者　仙道 弘生
発行所　株式会社 水曜社
160-0022 東京都新宿区新宿1-14-12
TEL 03-3351-8768
FAX 03-5362-7279
URL www.bookdom.net/suiyosha/
印　刷　モリモト印刷 株式会社

ISBN978-4-88065-275-7 C0098